本能寺から始める信長との天下統一

HONNOUJI KARA HAJIMERU NOBUNAGA TONO TENKATOUITSU

常陸之介寛浩
イラスト／茨乃

黒坂真琴
「しばらく悲しんだって良い、
籠もっていたって良い、
でも絶対に生きなさい！」

「やはりボクはヒタチ様に抱かれて
ピラコチャ様の子を産まなくては！」
ファナ
お初

本能寺から始める信長との天下統一 9

常陸之介寛浩

OVERLAP

目次

イラスト／茨乃

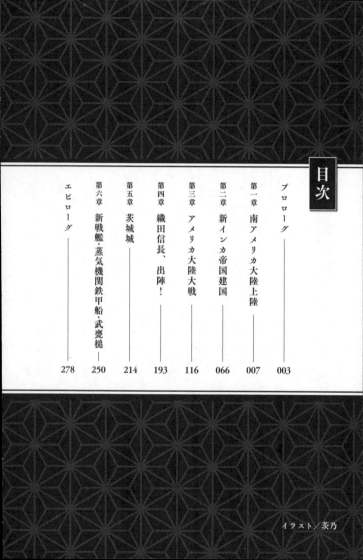

プロローグ

《あるかもしれないパラレルワールドの未来》

「常陸《ひたち》ふしぎ発見！」

テレビ画面は家電製品のCMから変わりスタジオを映していた。

「萌《も》え陶器の謎に続いて、黒坂《くろさか》真琴《まこと》の海外進出を支えた船の謎を学びたいところですが、どんな船だったか見たいと思いませんか？　本日は特別生放送、こちらをご覧下さい。クイズ時代ふしぎ発見！」

マッチョでダンディーでにこやかな司会者が、まるでチョップをするかのように合図をすると、画面が造船所の海に続くスロープに繋《つな》がれた戦艦を背景にして水兵服を着たベテランミステリーハンター竹外さんに切り替わった。

「さて、場所を変えまして、鹿島港城の博物館に併設された造船所に来ております。後ろに見えますのは再現された世界で初めての蒸気機関戦艦・武甕槌《たけみかづち》です。黒坂真琴の知識を使い作られたとされています。こちらは文献に残っている実寸大で、細部、動力部まで出来る限り忠実に再現しております。本日はこちらの船の進水式、約400年ぶりに戦艦・

武甕槌の着水です。ロープを斬るのは黒坂真琴家臣、柳生宗矩《やぎゅうむねのり》の子孫で柳生新陰流《しんかげりゅう》十八第当主・柳生宗琴さんです」

　復元戦艦・武甕槌を陸につなげている人の腕ほど太いワイヤーロープの前に、上下白、金色で刺繍《ししゅう》された家紋が入った紋付き袴《はかま》を着て日本刀を腰に差した老人が目を閉じ精神集中をしている。

　多くの関係者が見守っていた。

　ざわざわとした話し声は消え、静寂の時が訪れた。

「記念すべきこの瞬間の放送が許されたのは、常陸《ひたち》時代ふしぎ発見だけです」

　その言葉を最後に、沈黙が3分ほど続いた。

　聞こえてくるのは波と風の音。

　そんな張り詰めた雰囲気を竹外さんもスタジオの解答者も固唾を呑《の》み見守る。

　そして突如、柳生宗琴は目をカッと開き、抜刀、

「えいやーーーー」

　迫力ある声が響くと、ワイヤーロープは一刀両断され、船はスロープをゆっくりと滑り、水しぶきをあげ太平洋に着水した。

「くぁ～流石《さすが》真琴君の師匠、凄《すご》い腕。あんな太いワイヤー一刀両断なんてって！　ん？あれ？　佳代《かよ》ちゃん？」

　画面を見ていた黒坂真琴の幼なじみで女優に成長した久慈川萌香《くじがわもえか》が驚きの声をあげると、

同じく幼なじみの高萩貴志《たかはぎたかし》が、

「あっ、本当だ、船の上に佳代ちゃんだ」

「そう言えば、タイムマシンの研究の傍ら、復元船の研究もしてたはずだぞ。確かタイムマシンが無事出来上がれば真琴の為《ため》になるとか言って造船の勉強もしていたはず」

結城智也《ゆうきともや》が高萩貴志に続いて言う。

「まぁ～本当に愛の力って素晴らしいですわね。人をそこまで勤勉にさせ動かせるのですから」

白柳鉄子がその画面に映る姿をじっと見つめていた。

「愛……愛は本当に素晴らしい」

意外にも野々町君が誰よりも感動し、

「タイムマシンの研究、本当に上手《うま》くいくと良いですね」

大粒の涙をティッシュで拭いて鼻をかんだ。

それをマッチョなダンディー司会者が、大黒様の様な眼差《まなざ》しで、うんうんと頷《うなず》き、

「さて、皆さんが感動している中で申し訳ないのですが、クイズに移らせていただきます。黒坂真琴が中南米をイスパニアから取り戻すために太平洋からカリブ海に攻め込んだのですが、とある奇策を用いました。さて、その奇策とはなんでしょうか？　考えてお答え下さい。歴史の授業を聞いていれば答えられるクイズだと思います」

「えっ、ちょっと待って下さいよ～草山さん～」

ヒントを貰《もら》おうとしている野々町君をマッチョなダンディー司会者はニコニコとただ見ている。

「草山さん、お願いします。ヒント、ヒントを」

「ん～仕方ないですね。ヒント、茨城県北茨城市大津港《おおつこう》と言えばもうわかると思います。なにせ副首都のお祭りですからね。開催の年は毎回ニュースとして放送されているので、野々町君も見ているはずですよ」

するとスタジオの観覧席から『あ～』と、みんなが思わず声をだした。

「えっ、わかっていないの僕だけ？」

野々町君一人、焦っていた。

答えは……。

第一章　南アメリカ大陸上陸

《茶々《ちゃちゃ》と国友茂光《くにともしげみつ》》

「出来たのですか？　国友」

「はっ、茶々の方様、殿様が求めていらした鉄砲でございます」

「これが……」

茨城城でも限られた者しか入れない特別な郭《くるわ》で茶々とお江《ごう》が試し撃ちをし驚愕《きょうがく》していた。

「姉上様、これは！」

「真琴様の知識に技術がまた一歩追い付いたわね。お江、これは知られてはならない技術です。工房の警備、厳重にしなさい。近づく者は有無を言わさず殺して良いわ」

「うん」

お江は、今撃ったばかりで熱を持つ鉄砲を撫《な》でながら返事をした。

「国友茂光、真琴様ならこの働きに必ず報いるでしょう。よって、国友茂光10、000石を加増、鍛冶師集団にも5000石を与えます」

「あっしだけじゃなく弟子達《たち》もそんなに多くの俸禄《ほうろく》を……お方様、あっしたちは絶対に秘密を外には漏らしませんぜ。殿様に雇われた鍛冶師としての意地ってものがありやす」

茶々が提示した俸禄に口止め料が含まれていると感じ取った国友茂光は少し不機嫌な顔をして口に出した。

「ふふふふっ、そんな事は重々承知ですよ。少し、いや、これからとても無理を強いることになるのでその為の加増です。さて、その無理な仕事ですが、これをすぐに量産しなさい。出来た物から次々に真琴様のもとに送るのです。全連絡輸送船を使ってでも」

「お任せくださいってんだい。ただあっしは船の方を。もう少しで殿様の期待に応えられるかと」

「あの船の事ですね?」

「えぇ、例の……」

「船の開発も大切。義父上《ちちうえ》様の夢を叶《かな》え、真琴様の目的達成のためにも……人手がいくらあっても足りませんわね」

留守を預かる茶々は頭を悩ませ、森力丸《もりりきまる》と相談した結果、力丸が安土《あづち》城に登城、実物を織田信長《おだのぶなが》と織田信忠《のぶただ》に見せると、二人はその鉄砲の有能性に驚愕し、幕府直轄領・森兄弟の三家・前田《まえだ》家・真田《さなだ》家・蒲生《がもう》家・伊達《だて》家など黒坂真琴と親しい藩が鉄砲鍛冶師を家臣として正式に雇い、その藩の城内でこの新しい鉄砲を秘密裏に作ることを命じた。

その裏で、お江が鍛えたくノ一達が鍛冶師達の妻として紛れ目を光らせていた。

新式鉄砲の情報が他に漏れ出ないように。

そうして作られた新式鉄砲はハワイ経由で黒坂真琴、そしてオーストラリア大陸経由でインド洋に出て戦っている前田利家《としいえ》達に届けられた。

◇　◆　◇　◆　◇

男だと思っていた『ボクっ娘《こ》』、インカ帝国最後の皇帝となってしまったトゥパック・アマルの姫、ファナ・ピルコワコは語学力がララ同様に神がかっており、船内で行われていたインカで使われていた言葉『ケチュア語』教室で俺の嫁達や兵士達と打ち解けていた。

そのおかげで、逆にファナの日本語もかなり上達している。

桜子《さくらこ》達が気を利かせてくれたおかげでララに似なくて良かった。

皇帝となるべき者が花魁《おいらん》語だと流石に今後復国させようとしている国の民まで花魁語になってしまいかねない。

そんな心配が消えた船中、

「約束を反故《ほご》にして死刑にするなんて信じられないくらい強欲ね。しかも、宣教師が絡んでるなんて、坊主じゃないから生臭宣教師と言えばいいのかしら？　あの時も人売りに加担していたし！」

左の手のひらを右手の拳で殴り、勢いよい音で怒りを露《あら》わにした。

「お初《はつ》、どうした？」

「前の前の前？　兎《と》に角《かく》、ファナの先祖がイスパニア人に処刑されたときの話を聞いたのよ」

「あぁ、皇帝アタワルパの話か？　確か大部屋一杯に金銀で埋めたなら解放するとか約束したけど、それをなかったことにして金銀だけ奪って処刑したんだよね」

昔テレビで見たインカ滅亡までの知識を口に出すと、

「え？　なんなんですか？　何でですか？　どうして知っているのですか？　さっきお初様にだけ話したばかりの事なのに」

ファナが目を見開き驚いた。

「あっ……またやってしまった」

「ファナ、真琴様の言動に『なぜ』は、禁物だと教えたではないですか？　こういう普通は知り得ない知識を言っているのよ。真琴様、もう少し時と場所を選んで物事を言うようにして下さい。はぁ～、いつもはらはらしているんだからね」

大きなため息を漏らして呆《あき》れているように、でも叱る母親の様な優しい目で俺を睨《にら》んでくる。

「ごめんごめんって、気をつけてはいたんだって」

「ピラコチャ様のひみつ……聞いてはだめだったことでしたか？」

「ファナ、俺はピラコチャとは違うって」

「ですが……」

続けようとした言葉をお初が優しく肩を叩《たた》いて遮った。

「ピラコチャの話は一端忘れて。イスパニアの占領はかなり強引で壮絶な戦いだったんでしょ？」

ファナはコクリと頷き、

「戦だけではなく彼らが連れてきた神が我々の神を怒らせて病が流行《はや》り、民は多く死んだ」

「ファナ、それは違うよ。病気はウイルスや細菌が原因、ヨーロッパ大陸で流行っていた病に抵抗力がないインカ人だから死に至ったんだよ。神が怒った訳ではないはずだよ。もし怒ったならイスパニア人を苦しめる病気が流行ったはずだもん」

「その病気の知識も聞いては駄目ですか？」

興味津々聞きたそうに耳をピクピクとさせている。

「今のは大丈夫だよな？」

念の為お初に確認すると、

「そうね、うちでは学校で教えていることだからいいわよ。でも、病気のことは小滝《こたき》から教えた方がわかりやすいかな？　真琴《まこと》様の知識だと言葉を先《ま》ずは訳さないとならないから大変なのよね」

「はははははっ、確かに。ウイルスや細菌のことは小滝に説明して貰って」

俺の病気などの知識を伝授した小滝は姉の小糸《こいと》と共に、この時代の人でもわかるようにして授業で教えているので、俺が直接教えるより伝わるだろう。

南アメリカ大陸を支配していたインカ帝国が最新鋭武器で武装していたとはいえ、あっけなく滅亡まで追い込まれたのは、ヨーロッパ大陸から持ち込まれた病原菌で多くの死者を出したことが一因となっている。

チフスに始まり、インフルエンザ・天然痘・ジフテリア・麻疹《はしか》と続き人口は大きく減少した。

大航海時代、ヨーロッパ人が世界を制したのはそれまでに獲得していた免疫力が味方したと言っても過言ではないだろう。

病原菌、俺も対策を考えないと。

「本当は聞きたいことがいっぱいですが、今はボクは色々知る事が必要、それが民の為になると信じるので」

ファナは熱心に小滝から病気について学んだ。


「右大臣様、あのですね、ファナ様に顕微鏡であれを見せてあげようかと思うのでした」

小滝が俺の下半身を見つめ言ってくる。

「あぁ、あれね、ちょっと待ってて」

「あれ？」

ファナが首をかしげていたが、15分ほど自室に籠もり、試験管に入れた白濁の液を小滝に渡した。

「これはなんです？」

「ファナ様、これは右大臣様の子種、精子と言う物です。これを今から顕微鏡で見せてあげます」

そう言って医務室兼小滝の自室に向かうファナ達の様子をこっそりと覗《のぞ》いた。

顕微鏡にセットされる精子を見えるように調整して小滝がファナにレンズを覗くように促した。

すると、悲鳴に似た第一声が聞こえた。

「うわぁぁぁ～気持ち悪い……なんなんですか？　何これ～ピクピクと小さな虫みたいなのが暴れてる」

ファナは口を押さえて驚いている。

「これが精子と言う物です。男性の体内で作られて出されるこの精子と、私達女子の体内で作られる卵子と言う物が合わさって子が生まれるのでした」

「これが……なんなんですか？　これと病気になんの関係があるの？」

「これは代表例で見やすい物をと思い右大臣様に頼んで出してもらいました」

「なんなんですか？　どうやって出すの？」

「それは……夜伽《よとぎ》でもらうのですが……お一人でも出せるというか……それはいずれわかるので今は知らなくて良いことでした」

顔を赤らめながら少し興奮気味で言う小滝にそれ以上を聞くのをやめたファナ、

「この様に拡大鏡で見ないとわからない物がいっぱいいるんですでした。病気を引き起こす原因もそうだと右大臣様が言ってました」

「小さい小さい虫？」

「その考えで良いと思うのでした。だから、病気が神様の罰と言うのはやめた方が良いと思うのでした」

小滝、なにも知識がないファナに教えるの上手《うま》いな、学校で幾人もの医師を育てただけある。

感心して、その場を離れた。

◇◆◇◆◇

1596年12月1日

南アメリカ大陸を目の前にまず、仮の拠点作りとして狙った土地、それはガラパゴス諸島。

そこをひたすら目指して大海原を進み島々が見えてくるとファナ・ピルコワコが、

「あれがヒタチ様が目指してる島と思います」

地図で現在地を確認するため陰陽の力を込めた碁石を落とすと、平成時代に南アメリカ大陸・エクアドル国がある位置から西の島々にズリズリと動いて止まった。何かを知らせるようにガタガタと小刻みに振るえる碁石。

「お初、敵が近いと知らせてくれているようだ。他の船にも知らせるため、不動明王の旗を掲げて戦闘準備をさせてくれ」

「わかったわ」

艦隊の連絡手段は基本的に旗と大砲や鉄砲の空砲だ。

不動明王が描かれた旗は戦闘開始を意味する。

敵は見えずとも戦闘の準備、先手必勝。

「御大将、イスパニア帝国の旗を掲げている5隻発見！　ガレオン型木造船と思われます」

望遠鏡で見張りをしていた家臣が言う。

ガラパゴス諸島の浜辺に停泊している船を望遠鏡で見ると砲口が見えた。

「やはりイスパニア艦隊太平洋航海の拠点になっていたか、ここからどんどん西に向けて太平洋航路開拓、そして、ハワイの島々、そしてオーストラリア大陸に……だが、その芽をここで刈る」

「お世話になったハワイまで侵略？」

ファナが眉間に皺《しわ》を寄せた。

「あぁ、見つかるのは時間の問題だったはず」

元の時間線ではハワイ諸島は1778年海洋探検家ジェームズ・クックにより発見される。

この時間線では先に織田信長《おだのぶなが》が発見者となり一部を割譲してもらい、日本国に属する国になっている。

「ボクの国と同じように支配される。酷《ひど》い目にあう……」

「そうはさせないさ」

「真琴様、他の船も砲撃準備が出来たようよ。馬印が掲げられたわよ」

船に馬印と言うのも変だが、各々の印である馬印は戦場で大将のいる証《あか》し、船でも変わらず馬印と呼んでいる。

それが掲げられたことは最早《もはや》この場が戦場であることを意味し、いつでも戦うと表している。

「よし、これより宣戦布告の砲撃開始、良いか一撃目はわざと外せ、奇襲で負けたなどと後世に語られぬよう島から船を出航させて正々堂々とこの戦をイスパニアとの戦を始める。砲撃開始」

大砲が煙を噴き島近くに着弾、水柱を上げた。

わざと狙いを外した宣戦布告の合図。

この一撃がこれから続く長い戦いの幕開けになった。

相手の船を望遠鏡で見ると、大慌てでイスパニア人が乗り込み、帆を張っている。

「敵が島を離れ、こちらに砲塔を向けたときから開戦だ」

「まどろっこしいけど仕方ないわね。正義を掲げる戦いが奇襲だなんて武士の風上には置けないもの、麻帆《まほ》、各船に手旗で今のを知らせて」

「かしこまりました」

東住《とうずみ》麻帆が手旗で敵の準備が整うまで待つよう知らせた。

しばらくして、動き出す敵の船、大慌てなのか狙いの定まらない弾がうちの艦隊から大分離れた位置に着弾した。

「撃ってきたわね。あれが精一杯の飛距離なのかしら？」

「多分そうだろうね。遅れた兵器、気が付けば降参するのだろうけど、討つ！　アームストロング砲装塡狙い定め」

大砲や鉄砲は日々改良を重ねてきた。

そして、火薬も。

鉄砲についてはあとに語るが、大砲はフランキ砲から射程距離を大幅に伸ばし3キロ以上届くまでになっている。

おそらく幕末のアームストロング砲とは違うのが出来たであろうが俺がアームストロング砲と名付けた後ろ弾込め式鉄製大砲。

「敵戦艦距離を縮めてきています」

「よし右舷旋回、横一列になり全艦砲撃開始」

東郷平八郎《とうごうへいはちろう》が行ったロシア帝国バルチック艦隊と大日本帝国海軍の戦いの完全な真似《まね》だ。

敵前回頭戦法、丁字戦法、と言われる戦法。

数の差があった北条《ほうじょう》の水軍を全滅させた時と同じ戦法だ。

現戦艦には船の脇に取り付けられた大砲が主力である以上、この戦法が定石。

「敵戦艦、射程距離到達、砲撃指示を」

「狙い定め、撃沈するまで砲撃する、撃てーーーー！」

軍配を勢いよく振り下ろすと、16隻216門の大砲は一気に煙を吐く。

辺りは一瞬煙の霧で覆われたかのように真っ白になり雷が一斉に落ちたかのような轟音《ごうおん》にファナは耳を両手で塞ぎアームストロング砲の迫力に身を震わせた。

「第二射準備を急げ、準備出来次第撃て」

第二射が準備ができた順に次々に撃たれた。

「第三射準備、煙り晴れ次第敵戦艦を確認後撃つ」

ガラパゴスの風は10分後にそこに敵の戦艦がなかったかのように全てを吹き消した。

「敵戦艦、全撃沈確認」

敵に一切の攻撃する暇を与えない砲撃戦、そして、改良を重ねた大砲が、世界大戦の幕をあける知らせの緒戦になった瞬間だった。

「海上に浮かぶ者の殲滅《せんめつ》を命じる」

「真琴《まこと》様、それはあまりにやり過ぎです」

「ヒタチ様、私にも鉄砲をお貸し下さい。国の恨みを私の手で」

「駄目よ！　憎しみだけで戦をしては！　真琴様、相手はもう負けたのよ。船は沈んだのよ。そこに追い打ちをかけるなんて真琴様の、正義の戦に反しているわ」

「わかっている。だが、相手にこっちの戦力、戦法を今知られては不味《まず》い。ここで生き延びた者がイスパニア海軍本体に知らせれば、現在の圧倒的有利の差が縮まる可能性がある。お初《はつ》、目をつぶり耳を塞いでいてくれ」

青ざめた顔のお初とは裏腹にファナ・ピルコワコは真っ赤な興奮した怒りの形相。

「武器を持たない民への虐殺に比べたら、戦場での死は覚悟のはず。この手で」

「だめ！」

必死に止めるお初だったが、その手を怒りという力で振り払い、ファナ・ピルコワコは助けを求め海を浮いていたイスパニア人に向けて鉄砲を放ち次々にとどめを刺した。

お初は船室に入りファナのその姿を見ないようにしていた。

青く澄んでいた海は兵士の血で真っ赤に染まりその血の臭いを嗅ぎつけ寄ってきた、数え切れない大群の鮫《さめ》で海の色は変わり黒くなる。

その中、船を進ませガラパゴス諸島に上陸した。

「ファナ・ピルコワコ、早速だがこの島々ガラパゴスは日本国とする。良いな？」

上陸した砂浜で、ファナ・ピルコワコと太い流木に腰を下ろして話す。

「え？　この島々には人なども住んでおりませんし、金銀財宝があるとも聞いたことはないのですが、この様な島が欲しいのですか？　なんなんですか？　なんでですか？」

「宝ならあるさ」

立ち上がり、見える景色全てを指さして俺は言葉を続ける。

「ここの動植物達《たち》は他にはない進化を遂げた動植物、世界の宝なのだ。その尊さをわからない者達が支配すればこの島の動植物は直《す》ぐに消えてしまう。イスパニア人がそうさ。俺ならこの動植物達の貴重さがわかる」

そう言った直後、後から下りてきたお初が、

「真琴様、オーストラリア大陸の時にも同じような事を言ってましたわね」

「ここに生きる生物たちはそれに匹敵するほど希少なんだよ、お初」

「はいはい、そう熱くならなくても見ればわかるわよ。こういう動植物に興味があるなら萌《も》えは忘れて、こういう生き物達を彫らせたり描かせたりするようになって欲しいわ」

にやりとして言うお初に、俺は大きくため息を吐《つ》いて首を振り、

「わかっていないな。萌えは萌え、絶対に忘れることはないさ」

「はぁ～、ほんと馬鹿。ねぇ～ファナ、真琴様はここを保護したいのよ。未来永劫《みらいえいごう》続くよう保ちたいの。ここに要塞を造るとかではないのよ。それに仮にも『島』を日本国にした

わかる？」

と兵達が知れば領土が増えたと士気が高まるわ。これからの戦いに向けて士気向上は大切。

ファナはお初の言葉の後、5分ほど考え、

「そう言う事ならかまいません。が、ヒタチ様はなにを知っているのですか？　なんなんですか？　なにか知らなければ、いいえ、この島の動植物の珍しさを知るには世界の動植物の事を知らないとならないはず」

「ファナ、それが持ってはいけない疑問よ。船内でも何回も教えたはずよね、私」

お初に恐《こわ》い顔で睨《にら》まれたファナはウルウルとした目を大きな陸ガメの方に一度向けてから俺に視線を移し、不信感と興味好奇心が入り交じった表現し難い複雑な表情で固まってしまった。

「なにを知っているかって？　『知っている事だけよ』」

人気アニメヒロイン声を真似して言うとファナは、拍子抜けしたのか咳《せ》き込みながら笑い固まっていた表情が解けた。

「げふっげふっ、あはははははっ、なんなんですか？　なんで女声？　あはははははっ、あっ、これも聞いては駄目？　でもわかりました。どうしても言えないこと、きっとピラコチャ様の秘密なのでしょう、気をつけます」

「今のは俺の持ちネタだから気にしないで」

「持ちネタ？　なんなんですか？　日本語、難しいです」

お初のツッコミはないのかな？　と、お初を見ると人を恐れぬアシカに気にいられてしまったようで、お尻を鼻でぐいぐい押されて、驚いていた。

そのアシカを梅子《うめこ》が鉈《なた》を構えて俺に許しを求める視線を送ってくる。

「やめて、せっかく私に興味持ってくれた子を食べないで」

「お初様、せっかくの肉が飛び込んできたのに食べないなんて勿体《もったい》ないです」

「梅子、ここの動植物はここにしかいない種だ。食料も必要だから狩りは許すが、偏った狩りはするな、適度に違う種を狩るよう厳命する」

「ならこの生き物一頭なら狩っても良いですよね？　他にもいるようですので、御主人様」

「そいつの事はお初に聞いてくれ」

「これは私が飼うのよ」

「飼うのか？　連れて行けないから飼わないぞ」

「良いの！　ここで名付ければ日本国なんだから飼うと一緒でしょ！」

お初は飼いたいと言うが、梅子は食べる気満々で鉈を振り上げた。

梅子の振り上げた鉈を鉄扇で弾《はじ》き飛ばすお初。

その気迫に恐れたのかアシカは海に逃げて行ってしまいお初が残念そうにしていた。

勿論《もちろん》食料を逃した梅子も違う意味で残念そうにアシカが飛び込んだ先を目で追っていた。

しばらくお初と梅子が険悪な空気を漂わせるなんとも息苦しい日々が続いたが、

「御主人様は仲良くしないと悲しみますから、いい加減にしなさい」

あの優しい桜子《さくらこ》が珍しく怒ると、二人は渋々と仲直りをした。

『この島々をガラパゴス諸島と命名し、我の直轄地、常陸《ひたち》藩領とする
ここの動植物は全て我の持ち物である
生きる為《ため》に必要最低限の食料と身を守るための猟は許す
また、むやみに地形に手を加えることは許さない
この島でなにかするときは必ず我に聞くようにせよ
これは日本国常陸藩の法度とする
破りし者は厳しい罰を与える

黒坂《くろさか》真琴』

うちの家臣達に指示を出し、船が乗り付けられそうな数ヶ所に高札を掲げた。

日本語の他、インカの言葉とイスパニアの言葉で記して。

日本人以外守ってくれるとは期待していないが保護のきっかけとなって欲しい。

21世紀、一匹だけ生き残った陸ガメの死亡のニュースは俺には人間の愚かな面を強く印象付けたニュースだった。

『ピンタゾウガメの孤独のジョージ』

一匹だけ残った亀はどれだけ孤独だったのだろうか。

近種の雌と交配させようと一緒に生活させられていたそうだが、本当の仲間はおらず、さぞ寂しかっただろう。

あのような種の絶滅ニュースは見たくない。

それを防げる立場に俺がいる以上、厳しく法度と定めた。

これは悲しい未来を知っている俺だからこそ出さなければならない法度だと思う。

いずれは、ガラパゴス諸島は保護区とし、より厳しい入島制限の法度を出すつもりだ。

◇◆◇◆◇

新型南蛮型鉄甲船
全長：１００ｍ　最大幅：20ｍ
マスト４本・48門大砲搭載
Champion of the sea HITACHI号・艦長・黒坂真琴（３００名乗員）
Champion of the sea KASHIMA号・艦長・真壁氏幹《まかべうじもと》（３００名乗員）
旧型南蛮型鉄甲船
全長：55ｍ　最大幅：11ｍ

マスト3本・24門大砲搭載
塩土丸・艦長・伊達政宗《だてまさむね》（200名乗員）
真田丸《さなだまる》・艦長・真田幸村《ゆきむら》・他2隻（計600名乗員）

織田信長《おだのぶなが》援軍
旗艦・淡路丸《あわじまる》・艦長・森蘭丸《もりらんまる》
ブラック・スワン号・艦長・大黒弥助《だいこくやすけ》
他・8隻（計2000名乗員）

これは現在のうちの戦力だ。

碁石を戦艦に見立てて俺が描いた南アメリカ大陸太平洋沿岸地図の上に並べる。

インカ帝国復権の為にペルーを目指し、また、イスパニア帝国太平洋拠点メキシコにあるアカプルコも叩《たた》かねばならない。

敵は広範囲だ。

アカプルコがなぜに拠点だと知っているかは、支倉常長《はせくらつねなが》がサン・ファン・バウティスタ号で入港した港であるのを宮城県石巻市の資料館で学んでいるからだ。

うちの御用商人・今井屋が摑《つか》んだ情報によると、どうやらこの時間線も同じらしい。

そこで今後のことについてガラパゴス諸島の小さな島で評定を開く。

お初、真田幸村、真壁氏幹、伊達政宗、森蘭丸、大黒弥助、そしてファナ。

「これより二派に分かれる。森蘭丸、大黒弥助は織田水軍7隻を以《もっ》て、メキシコ・アカプルコ港の占領を命じる。アカプルコ攻撃総大将森蘭丸とする。残り3隻はガラパゴス諸島を拠点に太平洋航海中の敵戦艦への警戒をする。アカプルコ港へは海上より艦砲射撃をした後、上陸すればこちら側の被害は少ないはず。占領後速やかに砦《とりで》を築き上げ、先住民マヤ、アスティカ人と接触し彼らを旗頭とした国を建国宣言して大義名分として、イスパニア帝国軍との対決準備をせよ」

「はっ、この森蘭丸しかと承りました」

「こちらの通訳は私にお任せを」

大黒弥助はなぜか筋肉アピールしながら言った。

「それがしは？　この伊達政宗にも」

「そう急がないで。伊達政宗、真田幸村、真壁氏幹6隻1400名は俺と共にエクアドル・グアヤス川河口プナ島を占領する。占領後速やか砦にし、その地でファナ・ピルコワコを皇帝としたインカ帝国復古の大号令を発する」

「はっ、しかと心得ました。この伊達政宗、樺太《からふと》での失態から鍛え上げた腕をご覧に入れるとき、先鋒《せんぽう》を我に」

「いや、ここは黒坂家の先鋒を務める私が」

「いやいやいやいやいや、真田殿、ここはお譲りを」

伊達政宗と真田幸村が競い合う姿はとても凜々《りり》しく任せたいところだが、

「先鋒は船の性能が良い真壁氏幹とする」

「はっ、かしこまりました」

「新造艦なら仕方なしか……」

伊達政宗と真田幸村はそれ以上の言葉を堪《こら》えていた。

「ファナ、先《ま》ずはプナ島で新インカ帝国を旗揚げして貰《もら》う、良いな」

「はっ、はひっ」

「そう緊張するな、お初《はつ》、紅常陸隊《くれないひたちたい》でファナの手助けと補助をしてやってくれ」

「任せなさい。国を取り戻すのには血筋は大切だものね。それを任せられるのは私しかいないわよね」

「あぁ、勿論のことだ」

お初や紅常陸隊が女だと言うのも都合が良い。

見た目美少年ファナ・ピルコワコだが女子、もしもの事がないようにしないと今後に関わる。

家臣に不埒《ふらち》なことをする者はいないと信じてはいるが、長い船旅で心が疲れ箍《たが》が外れる者もいるかもしれないと念の為警戒して。

インカ帝国を再建させ、同盟を結ぶために傷付けてはならない重要人物、細心の注意を払う。

「なお、この戦いはイスパニアから先住民の土地を取り戻す正義の戦い、それぞれの旗印の他、必ず船にこの旗を掲げてくれ。蘭丸達《たち》はまずこれを掲げることでインカに近しいと思ってくれる者もいるだろうから使ってくれ。桜子、あれをみなに」

俺の後ろで控えている桜子が、それぞれに旗を配った。

その旗はインカ帝国の旗、白地で王冠の様な物が中心にありその頭上を赤黄緑のアーチがかかり、両端で蛇が上を向いている。

言葉で説明にすると難しいな。

こう言うのが語彙力と言うのだろうが。

イラストにして桜子達に刺繍《ししゅう》で作って貰った。

黄色で描いた蛇だったが金糸で縫われて輝いていて豪華にアレンジされている。

だが、一目でインカ帝国の旗とわかる物。

「確かに受け取らせていただきます。ファナ陛下」

伊達政宗が代表したかのように言うと、蘭丸達もそれに倣って、ファナの方を向いて畳まれた旗を両手で持ち顔くらいの高さまで上げ、一礼した。

「へいか？」

「国の王などに付けられる呼称の事よ。最高位の呼称」

言葉の意味を聞くファナにお初が教えていたが、ファナは、

「こしょう？」

「あとでラララに教えて貰うと良い。それより皆に一言」

「あっ、はい。ボクの国からイスパニア人を追い出しインカ帝国の復国の為に力をお貸し下さい」

「かしこまりました、ファナ陛下」

今度は遅れるものかと間髪容《い》れずに真田幸村が返事をした。

「よし、皆、イスパニアに正義の鉄槌《てっつい》を！　いざ出陣」

「おーーーーーーーーーーー！」

1596年12月6日
南アメリカ大陸上陸作戦を開始した。

◇　◆　◇　◆　◇

1596年12月10日
森蘭丸達と分かれて4日目。
エクアドル・グアヤス川河口プナ島に敵戦艦の歓迎もなく真壁氏幹はすんなりと上陸を

果たした。

大半の戦艦はイスパニアの拠点・アカプルコ付近なのだろう。

全土を掌握していないと思われる。

イスパニア人は鉄砲・大砲の新式武器を使い少人数でインカ帝国に攻め込んでいる。

インカ帝国が滅亡した理由は武力侵略だけではなく、イスパニアなどの侵略者・入植者がもたらしたウイルス・病原菌により一気に人口が減った事も要因だとされ、さらに、南アメリカ大陸を支配していたインカ帝国は多種民族国家、侵略と病気で力を失えば不満を持っていた民族が反乱を起こし取って代わろうなどとした。

そこをイスパニア人に上手《うま》く利用されてしまう。

日本も史実時間線のように吉利支丹《きりしたん》弾圧をしていなかったら、戦国の野望を持ち続けた大名などと結託して蜂起、江戸時代は長く続かなかったかも知れない。

そんな事を考えながら踏みしめた大地で、ファナ・ピルコワコを見ると、大粒の涙をながして地べたに額を擦《こす》り付けていた。

そして、インカの言葉で、

「帰って来れました。父上様、母上様、ピラコチャ様の生まれ変わり、ヒタチ様を連れて帰って来れました。これより、私は虐げられし同胞を助けるべく戦を始めます。どうか、私に力をお与えください」

「大丈夫ですよ。全て大丈夫、御主人様に任せておけばきっとファナ様が思い描く国を作られるはずです。ねっ、御主人様」

ファナの背中をそっと撫《な》でていた桜子《さくらこ》が俺の顔を見上げて言った。

するとお初が、

「そうね、政治、いや民の事を第一とした国造りにおいては真琴《まこと》様を信じて良いわよ。ただ、好きにさせておくと何でもかんでも美少女柄にされてしまうから気をつけなさい」

キュッと睨《ね》め付けられてしまった。

「うぅ、それくらいの事なら良いんです。うぅぅぅぅぅ」

大粒の涙を流し続けるファナをお初も優しく背中をさすって落ち着かせようとした。

お初もまた、故郷を追われたことのある身だからファナの今の気持ちがわかるのだろう。

父・浅井《あざい》長政《ながまさ》が治めた北近江《おうみ》を伯父である織田信長が侵略したのだから。

しかし、今では和解と言っていいだろう、恨みを捨て伯父として敬意を持って接している。

お初、実は心が広い。

俺の美少女萌《もえ》コレクションに否定的だが、実際わざと壊したり傷付けたり捨てたり勝手に人にあげたりなどの行為は全くしていない。

ファナも国を奪還させた後、お初みたいに大きな心で統治していけると良いのだが、どうなるのだろう。

しかし、今は文化破壊・侵略を止めさせるためにインカ帝国を復国させなくては。

二人を見ながらも俺は命令を家臣に下す。

「すぐに砦建設に取り掛かれ、イスパニアが我々の上陸を知れば必ず攻めてくる。そして、インカ帝国皇帝の血筋であるファナが生きている事がわかればどんな手を使ってでも殺しに来るだろう。矛盾しているがインカ帝国皇帝の血筋がここにある事は隠さない。大義名分、正義の旗印はここにあり。絶対に守り通す」

「はっ、仰せのままに。砦造りすぐに取り掛からせます」

真田幸村が家臣達に指示を与えた。

「御大将、早急な砦建設の『知恵』があれば御教授願いたく存じます」

真田幸村は俺の素性を知っており『未来の知識』を『知恵』と言い換え聞いてきた。

「そうだなぁ……鉄砲もかなり発達したから、ここは塹壕《ざんごう》を試してみるか」

「それはどういった物で」

「空堀だよ。人が隠れて通れるくらいの細い空堀を張り巡らせる。敵が迫ってきたらそこから狙撃する」

「なるほど、それなら開墾を続けてきた我が家臣ならすぐに。それと真田流築城術の縄張りを組み合わせれば」

「幸村に任せるよ。守りが固まらないうちに敵が攻めてきたらすぐに海上に出れるよう逃げ道は確保してね」

「はっ、兵達を無駄に死なせません」

しばらくの間、夜は船で沖に出て休み、昼間は砦建設を実行した。

それを繰り返す。

そして、12月31日。

砦は人の背丈が隠れすれ違えるギリギリの細い空堀と、そこから出た土で固められた土塁、丸太を組み合わせた柵、砲台と物見櫓《ものみやぐら》で形となる。

建物は少ないが複雑な塹壕は攻める側から一見してわからず、さらに天然の川が水堀の役目を持ち守りの強い砦になった。

流石《さすが》、真田幸村《さなだゆきむら》、想像以上の仕事を成し遂げた。

その砦にファナ・ピルコワコが描いたインカ帝国の旗を高々と掲げた。

二匹の蛇が縦に並び口から虹が架かっているような旗。

その旗を高々と掲げ、

「インカ帝国復国を宣言する」

俺は物見櫓にファナ・ピルコワコと共に上りファナ・ピルコワコの左手を右手で摑《つか》みあげ大地に向かって慣れないインカ語で叫んだ。

ファナは、

「なんなんですか？　砦《とりで》の外は誰もいませんよ」

無表情で口ではそう言いながら、目からは再び大粒の涙を流し、だが、それを我慢したいのか、自分のアロハシャツの裾をギュッと握りしめていた。

「ファナ、これから君は鬼の心を持ってイスパニア人と戦うことになる。多くを殺さねばならぬ。その覚悟を持ってくれ」

「はい」

小さく呟《つぶや》くと、俺の胸元に顔を埋《うず》めゴシゴシと……。

「ちょっと、あんた達何してるのよ！　目を離してる間にやっぱり！」

「うわっ、馬鹿待て早とちりするな！　小太刀抜いて俺の下半身を見るんじゃない！　お初」

「涙を拭かせてて貰っただけです。なんなんですか？　刀なんて抜いて？」

「涙ねぇ～まぁ～ん～」

渋々短刀を納め、

「側室になりたいなら私が許してからにして頂戴」

言い残して、降りていった。

ファナは、俺の目をパッと見た後、そそくさとお初の後を追った。

ファナを側室？　ボクっ娘《こ》は可愛《かわい》いけど、インカの皇帝を側室ってのは流石にないだろ。

しばらく俺は東に続く大地を見続けた。

こうしてインカ帝国復国の足掛かりとなるプナ島砦が出来、その日、砦完成とインカ帝国復国を祝った。

◇◆◇◆◇

「御大将、インカ帝国皇帝の血筋を持つファナ・ピルコワコ陛下がここにいると先住民に噂《うわさ》を流す事をお許し下さい」

「そうだな、その噂でイスパニアに不満を持つ者が蜂起してくれれば上々。そうでなくとも味方として集まってくれれば国の再建が早く進むか」

「はっ」

「幸村の好きなようにやってみて良いよ」

「では、早速」

◇◆◇◆◇

《プナ島砦の外》

真田幸村がインカ人に変装させた忍びを放つと、ファナ・ピルコワコの噂を聞いた者達がプナ島砦を遠くから様子を窺《うかが》っていることがわかった。

「おい、なんだ、あれは？」

「インカ帝国皇帝の血筋を持つ姫がいたって噂を聞いて見に来てみたら、なんか建物が出来てるぞ」

「またイスパニアの兵か？」

「はぁ～また逃げないとならんのか？　それとも寝込みにでも襲って奴《やつ》らの船を奪うか？」

「ん？　おい、よく見てみろ、やつら肌や目の色がイスパニア人と違うぞ、服装も全然違う」

「ひーーーーーーーー」

「なんだよ、大きな声を出すなよ気付かれる。爺様《じいさま》」

「あれだ、あれを見てみろ、白い毛を靡《なび》かせ青黒い光を放つ目だよ」

「はぁ？って、鎧《よろい》だろうあれは？　爺様」

「お前にはわからないのかよ！　あの全身から出ている神力を」

「だから、甲冑《かっちゅう》が輝いているんだろ」

「いや、あれは神フラカンを纏《まと》っているんだ！　いや、ピラコチャ様だ間違いねぇピラコチャ様だ！　仲間達《たち》に知らせないと！　皆に知らせないと」

「あっ、ちょっと待て、待てって……はっ？　あれはインカ帝国の旗？　なんで掲げられた？　なんでだ！」

「おい、あっちを見てみろ」

「イスパニアの兵だ！」

「逃げるぞ」

「良いから早く隠れ家に戻るぞ」

「おっ、おう」

◇◆◇◆◇

１５９７年１月１日

俺は早朝から物見櫓に登り東の高い山々を眺めながら、少しずつ昇る朝日を拝んでいた。

恒例の初日の出だ。

太陽に赤く照らされた山々、富士山より高い山々の美しさにホロリと涙が零《こぼ》れ落ち改めて自然の雄大さに感激していると、胸騒ぎがする。

「ん？　真琴様？」

隣で同じく初日の出を拝んでいたお初《はつ》も異変に気が付いた。

「お初、望遠鏡を頼む」

「はい」

目を山々から地上に落とし、望遠鏡で覗《のぞ》くとグアヤス川には小さな船が密集した軍、対岸にも砂埃《すなぼこり》を上げる歩兵軍が見えた。

旗を見ればイスパニア帝国の旗。

急いで物見櫓に設置してある鐘を鳴らす。

「敵兵接近、戦闘準備、急げ、桜子達は砦の奥に」

「はい」

「はいでありんす」

「才蔵《さいぞう》、幸村達に」

「はっ、ただちに」

護衛をしていた霧隠《きりがくれ》才蔵が知らせに走った。

「お初、俺たちも甲冑だ」

「そうね、急いで仕度するわ」

お揃《そろ》いの和式愛闇幡型甲冑を着用する兵士たちは準備が出来次第すぐさまアームストロング砲と鉄砲を構え出す。

「常陸《ひたち》様、伊達《だて》政宗《まさむね》に先鋒《せんぽう》をお任せ下さい」

「いや、ここはこの真田幸村が」

伊達政宗の甲冑は和式愛闇幡型甲冑が改良され黒く塗られ、三日月の前立てが付いる。真田幸村のは和式愛闇幡型甲冑が赤く塗られ、鹿の角の脇立てに六文銭の前立てで二人はすぐにわかる。

「伊達政宗、真田幸村、戦艦に乗艦、迎撃体制に入れ。いいか、功を焦る戦いではない。どちらが先鋒となどと焦るな。俺が指示した通りに動けるかで競い合え」

「はっ」

「かしこまりました」

「伊達政宗、敵船撃沈を命じる。真田幸村、地上の敵に狙いを定め艦砲射撃を命ずる。それぞれ合図を待て。猿飛佐助《さるとびさすけ》は塹壕に兵を忍ばせ接近戦に備えよ」

「「「はっ」」」

1時間程で迎え撃つ準備は整った。

すると、敵兵の使者が門外まで小船で近づいてくる。

『我はイスパニア帝国グアヤキル総督フランシスコ・ディアーノの使者リウソ・キッシーである。貴公はいずこの軍であり、なぜに滅びしインカ帝国の旗を振りかざすか申されよ』

インカの言葉で波の音に負けぬ大きな声が響いた。

和式愛闇幡型甲冑を着用させたファナ・ピルコワワコに物見櫓に登って貰《もら》う。

『我こそは、インカ帝国皇帝トゥパク・アマルの娘、ファナ・ピルコワコである。侵略者イスパニア帝国はインカの地から去られよ。我はインカ帝国を再建する』

顔は真っ赤、目は泳いで緊張が伝わってくるが胸を張って堂々とファナ・ピルコワコは叫ぶ。

『滅びし国に何が出来ると言うか、笑止』

イスパニア帝国の使者が吠《ほ》えた。

ファナが俺の目を見て助けを求めてきたので、

『やーやー我こそは、日の本の国の右大臣豪州統制大将軍平《たいらの》　朝臣《あそん》黒坂《くろさか》常陸守《ひたちのかみ》真琴《まこと》であるぞ。我はファナ・ピルコワコ皇帝と同盟を結びインカ帝国復権に助力する。刃向かう者は殲滅《せんめつ》するものなり』

船の中で覚えたインカの言葉で名乗りを上げてみた。

『ジパングの大臣!?　このようなところにまさか』

『日の本の国の使者を磔《はりつけ》にしたイスパニア帝国は敵国、さあさあ陣に戻りいざ尋常な勝負をされたし』

『インカを滅ぼしたイスパニアの力を見せてくれよう』

イスパニア帝国の使者は陣に戻って行きしばらくすると進軍が始まった。

◇◆◇◆◇

「狙い定め！」

俺は物見櫓《ものみやぐら》の上で太刀を抜き高々に掲げた。

それをジッと見つめるファナ・ピルコワコ。

「御大将、アームストロング砲、射程距離に入りました」

真壁氏幹《まかべうじもと》が下でアームストロング砲部隊の指揮を執っている。

「敵、大砲射程距離ギリギリまで引き付けてから後方を狙って放て、退路を断つ」

作戦は敵が近づいて来るのを待ち後方に砲撃をし退路をなくしてから、敵兵に目掛けて砲撃する。

こちらのアームストロング砲の射程距離がわからないからこそ出来る作戦。

イスパニア帝国の大砲より間違いなく射程距離は長いはずだからこそ出来る作戦。

プナ島砦にジリジリ近づいて来る兵数は意外にも多い、３０００近い歩兵軍だ。

大砲を台車に乗せ先頭にし、ジリジリ近づいて来る。

そして、大砲の固定が始まった。

「そこからこの砦に届くと言うわけだな」

敵の大砲の射程距離およそ1キロメートルらしい。

「勝ったな、アームストロング砲、砲撃開始、撃てーーーーー！」

俺は高々に掲げた太刀を振り下ろし砲撃の合図をする。

敵の後方にねらいを定め届く砲弾。

砦《とりで》に設置されたアームストロング砲が火を噴くとそれが開戦の合図となり、海上に出た伊達政宗、真田《さなだ》幸村《ゆきむら》の船も敵の船めがけてアームストロング砲を撃ち始めた。

思わぬ砲撃に慌てふためく敵兵に第二射撃。

後方を完全に絶った所を前方に狙いを定めなおして第三射撃。

陣形は崩れ、てんでんばらばら逃げ惑う者、無謀に突っ込んで来る者がいる。

「リボルバー式歩兵銃構え、狙い定まりし者から発砲許可、撃てーーーー！」

大砲だけでない。

火縄銃も改良に改良を重ね薬莢《やっきょう》式を完成させた。

さらに単発薬莢式を連発式にするために改良がなされ成功した。

流石《さすが》に複雑な構造のウィンチェスターまでとはいかないが、連発が出来るようにリボルバー式を採用。

6発装填リボルバー式歩兵銃。

それを完成させるほどうちの鍛冶師集団は優秀だった。

どのような物を作りたいか、どのような動きをするのか、完成型がどのような物なのかを示せば、それを目標とし開発してくれた。

対イスパニア帝国戦出航の時には完成にいたっていた。

今まで使わなかったのは、銃弾温存のため。

その新式銃が突如、地中から顔を出し間髪容《い》れずに火を噴く。

次々に撃たれる自分達が持つ火器より優れた銃弾の嵐にイスパニア帝国兵は逃げ惑うしか出来なかった。

イスパニア帝国兵の鎧を物ともせず撃ち抜く銃弾。

「アームストロング砲撃停止、猿飛佐助隊、追い討ち戦開始、出撃」

塹壕《ざんごう》に隠れていた猿飛佐助が率いる忍びが打って出ると、

「御大将、我が家臣達もうずうずしております」

「よし、真壁氏幹隊も出撃、敵を殲滅せよ」

「はっ、鬼真壁の腕をとくとご覧あれ」

砦の門が開かれ真壁氏幹が率いる300人の兵士達は追い討ちをかける。

鍛え上げられた真壁氏幹は得意の棒術でイスパニア兵の南蛮甲冑をたたき割る。

兵達も負けるものかと、太刀を南蛮甲冑の隙間に滑り込ませて首を次々に斬り落とした。

2時間後、俺の目の前に動く敵兵はいなかった。

「勝どきをあげよ、えい！　えい！」

「おーーーーーーーー！」

対イスパニア第二戦も呆気《あっけ》ない勝利で幕を閉じた。

大航海時代の兵器と、うちの明治維新の兵器のレベルの差は、圧倒的戦力の差だった。

「真琴様の知識で作られた兵器に勝てるわけないのに」

「だが、油断は禁物だからこそ今まであのリボルバー式銃は使わなかった。お初、生きている者がいないか確認させて、もし命助かった者は捕らえインカ復興の為《ため》に働かせる」

「まっ、それが妥当ね」

お初は紅《くれないひたちたい》常陸隊を率いて出て行った。

ファナ・ピルコワコはと言うと微動だにせずしっかり戦いを見続けていたが、目からは大粒の涙が溢《あふ》れて、その場の床を濡《ぬ》らした。

『父上様、御無念は晴れましたでしょうか』

そう言いながらその場に涙が止まるまでしばらく立ち続けた。

◇◆◇◆◇

プナ島砦防衛戦で真田幸村が捕まえたイスパニア兵、開戦前に使者として乗り込んできた位が高いであろうリウソ・キッシーを尋問する。

情報を聞かなくてはならない。

予想より多くのイスパニア兵士が攻めてきたことから近くに拠点があるはずだ。

『イスパニアの拠点はどこにある？　大人しく話せば命までは取らぬ』

『……』

『ん？　言葉、伝わらないか？』

俺のたどたどしいイスパニア語の代わりにラララが通訳し、

『言葉がわからないでありんすか？』

『聞こえた。貴様達《たち》に話すことなどない。これでもイスパニア帝国騎士』

「御主人様、こう申しておりますが」

「イスパニアに次の準備をさせたくない」

残念だ。

優しく尋問したのに話さないとは、本当に残念だ。

「佐助、忍びのやり方で、多少強引でも良いから聞き出してくれ」

「はっ、お任せ下さい。素直に吐いていれば楽だったと思わせる地獄を」

牢屋《ろうや》から凄惨な悲鳴が。

拷問だ。

イスパニア兵士がインカ帝国の民にしたことを考えれば致し方ない。


「真琴様、駄目、また鬼になりかけている」

お初《はつ》があまりの悲鳴に止めに入った。

「恐ろしいか？　今の俺は？　だが、俺は己の正義を貫くために修羅になると決めた。だからこそ、イスパニア相手には修羅を突き通す。イスパニアもまた修羅を突き通してきたのだ、こちら側も修羅で行かなければ戦えない」

いつになく真剣に言ってくるお初に対して俺の決意を言う。

「駄目、不動明王の如《ごと》き優しいお心を忘れないで下さい。時に強く時に情けなく時に優しい真琴様が消えるのは嫌、鬼になってはいけない」

お初が涙を流し俺の背中に抱きついてきた。

修羅の道、そうか、俺は鬼になりかけているのか。

自らの道を進むとき修羅の道は致し方ないと思っていたが、鬼か。

織田信長《おだのぶなが》が大六天魔王を名乗ったのは自らが鬼への道をも選ばんとする思いだったのかも知れないな。

お初に鬼への変化を止められた。

戦いに慣れ、人殺しに慣れてしまったせいか。

お市様《いちさま》に「人殺しに慣れるな」って最初に言われたっけな。

慣れとは怖いものだ。

「わかった、拷問はやめさせよう。だが、小滝《こたき》が調合を試している薬は使う」

「それは仕方ないかと……」

佐助に命じ拷問はやめさせ、試作して貰っているとある薬を使い情報を吐かせることにした。

俺はお初に指摘されて自分を見つめ直す、いや自分の心を落ち着かせるため、しばらく一人、砦に奉《まつ》らせた小さな社に籠もった。

そう言えば以前にもこんなことしたっけ……。

3日間、荒ぶっている心を落ち着かせ見つめ直す為にひたすら禅を組んだ。

4日目の朝、なにか急に心の靄《もや》が消えた気がして社を出ると清々《すがすが》しく眩《まぶ》しい日差しに目を覆おう。

目を光に慣れさせ視線を足下に落とすとその先にはお初が、かい巻きにくるまり座ってコクラコクラとしていた。

ずっと俺を待っていてくれたようだ。

「お初、ありがとう。このまま行けば明智光秀《あけちみつひで》や南光坊天海《なんこうぼうてんかい》のように俺の心に妖魔が住み着いたかもしれないな。お初に助けられた。ありがとう」

「んっあぁぁ、気が済んだのね。私は真琴様の家族として当然の事をしてあげただけなんだからね」

ひさびさのお初節を聞いた。

このまま修羅を突き通し己が鬼となっていたならば、必ずや俺の黒き心に妖魔が入り込んでいただろう。

倒さねばならぬ相手に支配される所だった。

自分自身の心の弱さに気をつけねば。

◇　◆　◇　◆　◇

『ぐぎゃ、おごり高ぶった隙を突こうとしたのに！』

「そうはさせませんわよ」

『笠間《かさま》の狐《きつね》、貴様が邪魔をしたのか！』

「九尾ごときに貴様呼ばわりされる覚えはありませんでしてよ！」

『クソ忌々しや』

「勘違いされては困ります。彼は自身の力であなたのその悪念を打ち破ったのです」

『けっ、なにが打ち破っただ。奴《やつ》の鼻が利かなくなっている今が隙だと思って魔道に引きずり堕《お》とそうとしたのに』

「やはりあなたの仕業だったのですね。彼をずっと見守ってきましたが、ファナが出す女の匂いに気が付かないなんて真琴《まこと》にしてはどうも変だと思っていたのでしてよ。側《そば》で見守っていて正解でした。この私が相手です。かかってきなさい！」

『旅を繰り返し疲れている体の鼻を弱らせ臭いに気が付かれないうちに、まぁそんな事どうだって良い、貴様をねじ伏せあやつを魔道に……ぐぅ、なんだ、もう一人私を邪魔するのは！』

「フラカン殿」

《我が子達を助けてくれたマコトに取り憑《つ》かせぬぞ！》

『うわぁぁぁぁやめろぉぉぉぉぉぉぉぉぉ』

「フラカン殿、もう消えましたよ」

《なら私はまた静かに見守らせて貰《もら》う》

「一緒に見守りましょう。さぁ、真琴、あなたが目指す正義とやらを私達に見せて下さい」

……。

◇◆◇◆◇

「びゃっくしょんっ」

「汚いわね！　なに、お籠もりして風邪？」

「ん？　いやむしろ鼻の抜けが良くなったような？」

「兎《と》に角《かく》、その何日も風呂に入っていない臭い体を洗ってきなさいよね！」

「えっ、お初だって風呂に入ってないんだろ？　臭うよ」

いつもならサラサラと風になびくお初のショートヘアーがしんなりと重く、テカっている。

「普通女に対してそういうこと言う？」

「ぬわぁ、蹴るな！　足の痺《しび》れがまだ取れていないんだよ！」

お初に思いっ切り蹴られ、倒れると首根っこを摑《つか》まれ風呂に引きずられて無理矢理脱がされ投げ込まれた。

ハワイで仕入れたココナッツの繊維が乱雑に纏《まと》められた不完全なたわしでゴシゴシと洗われた。

「お初、そこはそれで擦《こす》らないでよ、ひーーーー痛いって、使い物にならなくなるって！」

「ちょっと大人しくしなさいよ！　ここが一番臭いんだから」

「そこは自分で洗うってぇぇぇぇぇ」

風呂で酷《ひど》い目にあった。

しかし、本当、最近鈍くなっていた鼻が戻ったような……。

なにかあったのだろうか？？？

◇　◆　◇　◆　◇

《日本の神よ、あやつらは何をしているのだ？》

「見ないであげて下さい」

《そっ、そうか、あんなもので洗われると思うとぞっとする……》

◇　◆　◇　◆　◇

佐助《さすけ》が聞き出した情報によると、プナ島からグアヤス川を上流に約60キロメートル上った所にフランシスコ・デ・オレリャーナが築いた町グアヤキルが有ることがわかった。

「ファナ、そこを占領するが少しだけ危険な事をするが良いか？」

ファナ・ピルコワコがインカ帝国の復権の為に皇帝としてその町に入る。

皇帝が直々に攻め込むアピールをするのが今後の戦略的に有効だろう。

ではどうやってアピールをするかだ。

考えたのは、ファナ・ピルコワコを輿《こし》に乗せインカ帝国の旗を掲げて進軍する。

そうすれば、進軍を目にする先住民が何かしらのアクションを起こすと考えた。

そして、グアヤキルを守る兵士達も守備、抗戦に躊躇《ちゅうちょ》が生まれると考えた。

「なんなんですか？……いや、ここはピラコチャ様のお導きのままに。ヒタチ様にお任せします」

説明を求めてきたが、俺の事を信頼してくれているのか多くを聞こうとはせず、任せてくれた。

「あの、本当にピラコチャじゃないからね」

「御主人様は私達姉妹にとって神様でございますよ」

「桜子《さくらこ》、話、ややこしくしないで。それより梅子《うめこ》と協力して兵士達の食料を滞りないよう頼む」

「はい、御主人様」

　そして、伊達政宗《だてまさむね》を呼び出す。

「伊達政宗、伊達の兵でこのプナ島砦《とりで》を守ってくれ」

「待って下さい。この伊達政宗、どこまでも常陸様《ひたち》の御側《おそば》でこの異国の戦いに加わりとうございます。願わくば先鋒《せんぽう》を」

「そう言うと思ったから、伊達家家臣と言ったんだよ。鬼庭綱元《おににわつなもと》あたりをここの守備にさせて」

「おぉ、それならばお任せを」

「伊達政宗に命じる。グアヤキルに攻めるのにあたり、ファナ・ピルコワコ皇帝の輿を守る一人とする」

「先鋒ではなく皇帝陛下の守り？　しかし、大変名誉あるお役目、謹んでお受け致します」

「真琴様、随分危険な事させますね」

「うちの甲冑《かっちゅう》を着てれば敵の狙撃があったとしても大丈夫だろう」

　お初はこの輿にファナを乗せる進軍に不安を感じているみたいで、心配そうな表情を見せた。

　お初、俺にだけでなく他人にも実は優しい。

「ファナには本当の意味で皇帝となって貰わないと。その為《ため》には強いと言う印象をあたえないとって思うんだよね」

「……私みたいな？」

「あはははははっ、確かにお初《はつ》は強いね」

「笑いすぎよ」

笑いすぎて、お初に開いた口に拳をねじ込まれそうになった。

「げほっげほっ。冗談はおいといて、武の強さではなくこの国を復興させる気構えの強さをこの進軍で見せつけたいんだよ。だから少しだけ無理もしないと」

「そうか、虐げられた者達《たち》に勇気をあたえる強さを見せないとならないのか」

「伊達政宗と真田《さなだ》幸村《ゆきむら》で脇を固めれば余程の事が起きなければ大丈夫だろ？」

「その二人が一緒なら確かに」

真田幸村の強さは言わずもがな、そして、伊達政宗はと言えば、船を下りてからと毎朝、太刀とほぼ変わらない重さの木刀を左右に3本ずつ持ち素振りを必ず行っている。

それを見ているお初は伊達政宗の腕力には納得している。

「ファナ自身の運の強さが試されるときなのかもね」

お初はそれ以上この作戦に異議を唱えなかった。

◇　◆　◇　◆　◇

3日後、伊達政宗家臣・鬼庭綱元を頭にしうちの兵も含めて400人の兵をプナ島砦守備に残し、真壁氏幹《まかべうじもと》を先頭に900の兵で進軍を開始した。

他の兵は船に乗せ海上で警戒任務に就かせている。

ファナ・ピルコワコの両脇は真田幸村と伊達政宗が守りにつく。

軍の先頭の旗は蛇が二匹立てになり口から虹が出ているインカ帝国の旗と織田《おだ》家の家紋、木瓜《もっこう》の二旗が並んで進む。

その後ろに俺の抱《だ》き沢瀉《おもだか》の旗だ。

イスパニア帝国兵に日本の知識がある者がいれば、日本国がファナ・ピルコワコの後ろ盾になっているのは一目瞭然となる。

『ややや、なぜにインカ帝国の旗が』

様子を窺《うかが》っている先住民らしき者達が集まり始めてきた。

一旦、進軍を止めると、ファナ・ピルコワコが、

『我はインカ帝国皇帝トゥパック・アマルの娘、ファナ・ピルコワコである。イスパニア帝国に虐げられし同胞よ、我はピラコチャ様の化姿・黒坂常陸守《くろさかひたちのかみ》真琴様のお力を借りてインカ帝国を復国する。いざ、反イスパニアの狼煙《のろし》を上げよ』

インカ語で凜々《りり》しく言うと様子を窺っていた先住民が次々に姿を現し歓喜の声をあげ持っていた鍬《くわ》や鎌などの農耕具を高々と掲げた。

グアヤキルに進むにつれて、900人だった兵はインカ人が次々に合流し5000人の

大軍に変わっていた。

インカ帝国の旗と前皇帝の娘ファナ・ピルコワコは、錦の御旗《みはた》の役目として絶大だった。

進軍して見えてくる町は、城塞都市を想定していたグアヤキルだったが、木組みの柵が有るだけの小さな町でしかない。

物見《ものみ》櫓《やぐら》にいたイスパニア帝国兵が慌てふためき逃げ出すのが目に映った。

『インカ帝国前皇帝トゥパック・アマルの娘、ファナ・ピルコワコである。イスパニア帝国兵は去られよ』

ファナ・ピルコワコが言うと真壁氏幹が太刀を抜き兵達に合図をする。

30人が一列に並びリボルバー式歩兵銃を構えた。

『日の本の国の右大臣の軍がお相手つかまつる』

真壁氏幹もたどたどしいインカ語で言うがグアヤキルの木の門は静かで打って出てくる様子がない。

1時間後、

「大殿、門の内側を見てきます」

「佐助、頼んだ。くれぐれも命を大切に無理はするな」

「はっ」

猿飛《さるとび》佐助が率いる忍びが町に入ると、10分もしないで門が開いた。

中から手招きをする合図がされた。

攻め込むと敵兵はおらず、見窄《みすぼ》らしい服に痩せこけた先住民が震え固まる姿ばかり。

イスパニア兵は裏から抜け逃げていた。

1597年1月8日

一番高い建物である物見櫓にその日、インカ帝国と木瓜と抱き沢瀉の旗がなびいた。

あっけなくグアヤキル占領戦は無血で終わった。


「桜子、すぐに炊き出し、雑炊を作り配ってくれ。小滝《こたき》、病人を診てやってくれ」

「はい、御主人様」

「右大臣様、任せてでした」

紅《くれない》常陸隊《ひたちたい》を中心にグアヤキルに住む先住民支援活動をすぐに始めた。

1597年1月10日

グアヤキルには噂《うわさ》を聞きつけて各地に散り散りになり、身を潜めていたインカ人約1万人が集まり群衆となった。

『我は海を挟んだ地の右大臣豪州統制大将軍平朝臣《たいらのあそん》黒坂常陸守真琴《まこと》である。イスパニア帝国に虐げられし者達よ。我はインカ帝国前皇帝トゥパック・アマルの娘、ファナ・ピルコワコと同盟を結び反イスパニアの戦いをする』

インカ人の群衆の前に立ち、ファナ・ピルコワコと共に並び俺は宣言をする。

ファナ・ピルコワコが俺をピラコチャと勘違いしたときのように、白銀で白髪の鹿島大明神愛闇幡型甲冑を着用して。

『皆の者、今までよくぞ耐えてきた。しかし、新たなる時代へと導いて下さる本物のピラコチャ様と私は幸運にも出会えた。先のプナ島の戦いは知っての通り。ヒタチ様のお力があれば、イスパニアを我々の土地より追い出す事が出来る。西の海より現れし白銀のピラコチャ様の化身が我々に力を貸してくれる。どうか、皆も我に力を貸してくれ。再びインカの人々が豊かに暮らせる国を作るために力を貸してくれ』

ファナ・ピルコワコが言うと集まった群衆が、

『『皇帝ファナ・ピルコワコ、皇帝ファナ・ピルコワコ、皇帝ファナ・ピルコワコ』』

どこからともなく歓声がわき始めた。

もちろん、仕込みはして誘導している。

うちの兵士の中から日焼けで色が濃い者を選んで紛れ込ませ、叫ばせている。

顔の作り、本当に南アメリカ大陸の人は日本人に近い顔で、忍び込ませるのは容易《たやす》い。

サクラは必要な策。

滅亡した国の子孫をまた皇帝に据え国を再建するのだから、多少の無理、ズルをしなければそう易々《やすやす》とファナ・ピルコワコを皇帝と認めてくれるとは思っていない。

『ピラコチャとして、ファナ・ピルコワコを皇帝と任命し、新インカ帝国建国を宣言する』

神の名だって俺は借りる。

ピラコチャを名乗るほうが都合がよい。

本当は神の名を借り扇動するのは心苦しいが、疲弊し滅亡を待つのみのインカ人に希望を与えるためには伝承を利用するのが良いと考えた。

『ピラコチャ、ピラコチャ、ピラコチャ、ピラコチャ、ピラコチャ』

群衆が活気づきだす。

その活気が、地面を揺らすかのごとくもの凄《すご》い勢いだった。

ん～これは大丈夫かな？

ファナ・ピルコワコを見ると、恥ずかしがりもせず胸をしっかり張り群衆を見ていた。

脈々と続く皇帝の血筋が彼女を目覚めさせたか？

ボクと言いながらめそめそとしていたファナ・ピルコワコは可愛《かわい》かったんだけどな。

今の横顔はかっこよく美人だ。

あの歌劇団にいてもおかしくない。

おっと、見惚《みと》れてしまうとこだった。

兎《と》に角《かく》、今はインカ帝国の再建を考えよう。

滅亡するはずだった国を俺は助ける。

物見櫓から降り、人目がないところに行くと、ファナ・ピルコワコは俺に急に抱きつき胸元に顔を埋《うず》め涙を流した。

緊張とそして、まだ聞こえる群衆の声に感動し、そして俺に、

「ありがとうございます。ヒタチ様。ヒタチ様に巡り会えなかったらこんな事実現できませんでした。ヒタチ様、覚えてます？　あの約束」

「なんだったかな？」

胸元から上目遣いで見つめてくるファナ・ピルコワコ。

今は美男子ではなく美少女のいや、乙女の眼差《まなざ》しに心が『キュンキュン』してしまうが、お初が咳払《せきばら》いを後ろでしたのでさっと離れた。

ふぅ～後ろから刺されるかと思った。

◇◆◇◆◇

『ピラコチャの名を使うか、それもまたよかろう』

「あなたは？」

『儂《わし》か？　既に会っておろう。日の本の神に頼まれてな力を貸してやったのに覚えておら

んのか？』

「もしや、嵐の時に聞こえた声？」

『そうよ、我が名はフラカン。この地の子達をいや世界の者達を新たな時代に導いてくれ』

「新たなる時代？　ん？　もしかしてファナが言っていた萌《も》えの時代？　萌え美少女が栄える世界？」

『違うわバカ者！　おい、日の本の神よ、どうにかせい』

「ふふふふふっ、流石《さすが》真琴ね。異国の神にも臆することなく接するなんて」

「あっ、宇迦之御霊《うかのみたまのかみ》神様！」

「ずっと見守っていましたわよ。流石ね。武甕槌《たけみかづちのおおかみ》大神が認めただけあって鬼神の活躍……それより、『萌えの時代』それは『萌え栄える時代』の事よ。世界中の民が戦なく作物を育てる時代に導きなさい」

『だ、そうだ。今一度インカ……マヤ、アスティカが緑に覆われた畑に囲まれて生活出来るようにしてやってくれ』

「じゃ～そう言うことで、またね～」

「あっ、ちょっと待って下さいよ」

……。

◇
◆
◇
◆
◇

「御主人様、朝ですよ？　珍しい、こんなに眠りが深いなんて、御主人様、朝ですよ」

「ん？」

クラクラするほど眩《まぶ》しい世界から目を覚ますと、桜子《さくらこ》が自分の鼻と俺の鼻がすれすれになるほどの距離で俺の顔をのぞき込んでいた。

「おっ、おはよう」

「お疲れですか？　それともお体の具合が？」

「いや、大丈夫だ。ちょっと神様と話が」

「神様と話？……あっ、大丈夫です。何も聞きません。今のも誰にも話しませんから」

目の前で言う桜子をギュッと抱きしめると、

「もう、昨夜いっぱいしたじゃないですか。皆様が既に、御主人様の御指示をお待ちしていますから駄目ですよ」

「えっ！　俺そんなに寝てたの？」

「はい、皆様既に朝ご飯済ませて働き始めていますよ」

「そっか、起きなきゃ」

「膳の仕度してきますね」

桜子はパタパタと退室していった。

萌え栄える時代かぁ……。

確かに21世紀、食糧難の時代に突入していたものな……。

そして、強制労働の『プランテーション』、支配する側がお金になる作物ばかり安い賃金で作らせる。

豊かになるどころかドンドン貧しくなるスパイラルに陥った。

それは阻止しなくては。

作物が萌え栄える時代、工業技術が発展したって人は農業なしでは生きられない。

食料さえ困らなければ争いだって起きない例も多々ある。

そう考えると、原点回帰、一番大切な事だな。

俺が今まで行ってきた萌え美少女発展……じゃなく農業と災害対策に力を入れた『富国強国政策』は間違いではなかったかな。この時間線でそれが続けばきっと違う未来線が。

その為《ため》にも、今、政教分離の秩序を作り安心して土地に根を下ろし開墾できるようにしていかなくては。


『ふふふふふっ、そうですわよ。皆がいなり寿司《ずし》をたらふく食べられ続ける世を……』


ん？　いなり寿司？　空耳が聞こえた気がした。

辺りを見回していると戸が勢いよく開く、

「ちょっと、真琴様、評定に皆が集まりだしているわよ」

「おっ、おう、わかったすぐ飯を食べて行く」

「もう、少し気が緩んだ？　勝って兜《かぶと》の緒を締めよ！」

「わかってるって、お初《はつ》」

「グアヤキルを城塞都市にするために、伊達政宗《だてまさむね》と真田幸村《さなだゆきむら》に築城を命じる」

取り敢《あ》えず、空堀、水堀、土塁、木の柵を拵《こしら》えるためインカ人を募った。

すると、ある問題がすぐに出て来た。

「右大臣様、疱瘡《ほうそう》が流行《はや》っていますでした。私は幼きころ罹《かか》ったことがあるので大丈夫なのですが右大臣様は？」

インカ人の間で天然痘が大流行していると小滝《こたき》が評定の場で言う。

「常陸《ひたち》様、私も疱瘡に罹ったことがあるので大丈夫ですが、常陸様は？」

疱瘡で右目を失っている伊達政宗も慌てて聞いてきた。

「ない、これは少しヤバいかな」

語彙力崩壊しながら天然痘ウイルスに恐怖する。

インカ帝国の滅亡はイスパニア帝国の軍事的攻撃と、イスパニア人が持ち込んでしまった天然痘ウイルス・インフルエンザウイルスなど、ヨーロッパ大陸の人々には免疫があるが、アメリカ大陸の人々には免疫がない病気が猛威を振るう事も原因なのだ。

「イスパニアの呪い……イスパニア兵が持ち込んだ病原菌、なんなんですか？　私達《たち》が彼らに何をしたって言うんですか！」

ファナがアロハシャツの裾を握る手、今にも引きちぎるんじゃないかと言うくらいに引っ張ると、小滝が、

「きっと右大臣様がなんとかして下さいますでした」

そっと優しく肩を抱いて慰めた。

この場で俺を見る目に期待感があることはビンビンと伝わる。

「あまり期待しないでくれ。病気の事など俺が知っている知識は学校で教えているし、薬の知識は皆無なんだから、ただちょっと天然痘に対しての記憶を探りはするけど」

「まっ、兎に角、真琴《まこと》様が罹ったら大変だからここから離れるわよ」

そうお初が言うと、伊達政宗に、

「取り敢えず、プナ島砦《とりで》に移ってください」

と、勧められこの場の一同が頷《うなず》く。

その為、一旦プナ島砦に戻ることにした。

「御大将、私も残らせていただきます」

真田幸村の目は決意の目をしていた。

「真田幸村、無理だけはしてくれるなよ。真田幸村、伊達政宗、このグアヤキルの守りを固めることを命じる」

「「はっ、お任せ下さい」」

プナ島砦に一度戻り、対策を考える。

「くそ、種痘があれば良いのだが」

「御主人様、『しゅとう』とはなんで御座いますか？」

桜子が筆と紙を差し出してきたので『種痘』と書いてみせると、小滝が腕まくりをして、

「お薬なら私に任せて下さいでした」

「これはね薬とは少し違うんだよ。天然痘ってのは目に見えないウイルスと言う小さな小さな物が体内に入って悪さをする病気。人から人に移るのだが、それに似た牛の病、牛痘の膿《うみ》をわざと人間の皮膚に感染させるんだよ。すると、不思議だと思うが免疫が出来て天然痘には感染しにくくなるんだよ。感染しても症状が軽くなると言われてててね、その為、それをわざわざ人の皮膚に針で打つんだけど、その事を『種痘』と呼ぶんだよ」

もちろん国民的クイズ番組・歴史ふしぎ発見で得たうろ覚え知識なので、専門的な医師や医学を学んだ者・ウイルス研究者が俺の話を聞いたらツッコミ満載だろうけど、実際、江戸時代に伝来した種痘法は長年日本人を苦しめていた天然痘に効果が現れ、明治維新後種痘は強制された。

それが時を得てワクチンとなり、接種が強制された。

世界でも盛んに接種が進み、その結果１９８０年天然痘は自然界から消え、世界保健機関が根絶宣言をしていたはず。

人類が唯一勝ったウイルスだと言われている。

だがその反面、自然界から消えたことを良いことに生物兵器として利用されるのではと懸念が起きていた。

ワクチンは天然痘根絶宣言後も作り続けられ日本国も一定数保有していたが、満員電車やコンサート、スポーツ観戦など人が多く集まる場所で撒《ま》かれたら、被害が甚大なことになると考えられている。

それより今はこの時間線で天然痘ワクチンをどうにかして作らないと……。

都合良く牛痘が取れれば良いのだが。

神に祈るか？　陰陽の力で見つけられるか？　しばらく腕を組んで悩んでいると、

「乳房に病気を持った牛なら、うちの食料に積んできた牛にいますよ」

桜子が驚くことを言った。

「えっ？　いるの？」

「小滝さんに診て貰《もら》って水疱《すいほう》、膿疱《のうほう》を見て牛痘だねって、だから乳搾りやめて食べる予定でした。御主人様……確か梅子《うめこ》が今日捌《さば》くはずです」

桜子が鉈《なた》を振り落とす真似《まね》をして言う。

「右大臣様、恐らくですが同じく積んでいた馬からうつったみたいでした。馬はまだ瘡蓋《かさぶた》が残っていますが、体力は回復したので幸村様が乗られておりますでした」

？？？　あれ？　何かで読んだような……！　種痘の起源！　牛痘ウイルスと見せかけて実は馬痘ウイルスだったと判明したとか読んだ記憶があるぞ！　天然痘ウイルスにＤＮ

Aが近い馬痘ウイルスが牛にうつりそれをたまたま使ったとかだったはず！　ワクチニアウイルスって命名されたとか……！

「ぬわわわわわわ、これは天啓か！　すぐさまその牛を保護して！　梅子を止めて！　急いで！」

「はっ、はい」

　鉈を研ぎ終わり、牛の首を一刀で切り落とそうとしていたところ、間一髪で牛のあの世行きが止められた。

　牛の乳を確認すると確かに膿んでいた。

　金物細工が得意な鍛冶師の家臣を呼び、Y字型で針のように先の鋭いホークを急いで作って貰う。

「う〜俺には判別出来ないんだよな……薬師如来の御力《おちから》でも借りられるチートスキルがあれば良いんだけど……。よし、この膿を俺に」

「いけません。そう言う事は大将たるものがやってはいけません。勿論《もちろん》、皇帝たるファナも論外。実験は私がなってあげるんだからね。しばらくなにもなかったらやりなさいよ。小滝、先《ま》ずは私から」

　お初が自ら名乗り出る。

　それを見て桜子と梅子も同じく自分からやってと言った。

　お初達の言うことは当然だが、俺のつたなく怪しい知識で打つ種痘、失敗すれば取り返しの付かないことになるかもしれない。

小滝がどうしようと目をキョロキョロさせていると、佐助《さすけ》が、

「お方様にそのようなこと、私がまず」

名乗り出た。

「佐助、良いのか？　未知の物を体に入れるのだぞ？」

「大殿、そしてその御家族を守るのが私の役目。それに私は大殿を信じておりますから」

決意に揺るぎのない表情を見せた。

「あいわかった。その忠心しかと受け取った。小滝、佐助に頼む」

「はいでした」

佐助を実験台にし種痘を行った。

一週間後、牛痘の瘡蓋の粉を植え付けた肩には小さな跡が残ったものの佐助の無事が確認出来、次に最後までどちらが先に打つか譲らなかった桜子《さくらこ》とお初が同時に打ち、打った場所に水疱は出来たもののすぐに回復、

「掻《か》きたいけど掻くと跡が残るので我慢です。御主人様も掻いたら駄目ですよ」

「ちょっと痛がゆいのが残るけど大丈夫ね。佐助も2週間過ぎたし大丈夫そうよね？　小滝」

「私では判断が難しいでした」

小滝が俺に最終判断を託した。

「天然痘の潜伏期間は約2週間だったはず。佐助がなんともない以上これを使ってみる」

「待って、私達が2週間過ぎてからにしなさいよ」

「お初様、これ以上先延ばしする方が危険だと思うでした。先延ばししている間に罹ってしまったら」

「小滝、やってくれ」

「ボクも」

俺とファナは一緒に種痘を接種した。

そして2週間後、打った箇所は腫れたが、少しずつ治まった。

そしてすぐさま牛痘を使った種痘を広めた。

馬痘ウイルスが感染したと思われる牛痘だから馬痘のが正確かな？　まぁ～名はどうでも良いか。

兎《と》に角《かく》うちの家臣達は強制接種、インカ人にはファナから説明してもらい希望接種を始めた。

ピラコチャと言う神の名を借りた事が、威力を発揮した。

『ピラコチャ様が病のために知恵を授けてくださった。ピラコチャ様のお薬だ』

『イスパニアがもたらした悪《あ》しき呪いから解放してくれるピラコチャ様、ありがたやありがたや』

そう言って希望者が殺到し、プナ砦、そしてグアヤキルで種痘を始めた。

接種した者は天然痘に罹らず、噂《うわさ》は噂を拡《ひろ》げた。

「真琴様、遂《つい》に本当に崇《あが》められる神様になったわね」

「勘弁してくれよ、ほんと」

苦笑いをすると、お初《はつ》はバシッと背中を叩《たた》き、

「未来の知識は神の啓示に匹敵するんだから胸を張って良いのよ」

「うっ、うん……」

「これは日本国にも知らせなきゃ」

お初は小滝に詳しい製法を書かせ、連絡船でそれを鹿島港に送った。

こうして、種痘ワクチン法は一気に広まり、猛威を振るっていた天然痘が少しずつ抑えられていく。

後の世に『天然痘撲滅の神』として俺の名が歴史に刻まれるなど知るはずもなかったが、もう少し後、俺はとある人物の来訪で知る事になる。

それを語るのはもう少し後。

《真田幸村》

「お〜よしよし、今日も、よう走ってくれた。今汚れを落としてやるからな」

幸村《ゆきむら》は馬痘ウイルスから回復した馬をハワイで手に入れたココナッツの繊維で作られたたわしで擦《こす》り、汚れを落とし毛並みを整えた。

その際、馬痘の痕に出来た瘡蓋が、たまたま幸村のかすり傷に入り込んだ。

かすり傷は数日後悪化したが、すぐに消えた。

真田《さなだ》幸村、偶然に天然痘の免疫を獲得していた。

《茶々《ちゃちゃ》と小糸《こいと》》

「真琴様から手紙が届いたわ。何でも疱瘡《ほうそう》に罹《かか》らなくするための方法だとか、小糸が書き纏《まと》めたそうなので試してみなさい」

「でれすけの未来知識……あの〜茶々様、馬痘は見つけられると思うのですが、疱瘡の者を見つけるのが困難かと思うだっぺよ」

「村が隠してですね？」

「んだ。疫病は隠すんだ。物流止められるって心配して」

「大丈夫よ、お江《ごう》、聞いたわね」

二人の会話を天井裏で経津丸《ふつまる》と聞いていたお江が、

「うん、卒業して嫁いでいった生徒達《たち》使うから。経津丸、今日の忍びのお遊びもうお終《しま》い」

「はい、母上様」

「はぁ〜、経津丸も武士として育って欲しいのですが……」

茶々は深くため息を吐《つ》いた。


卒業して嫁いでいった生徒達が所謂《いわゆる》『くさ』と呼ばれる各地に根を下ろしたスパイとして活動し、欲しい情報は逐一集められていた。

その為《ため》、疱瘡が流行《はや》っている村を突き止め、小糸が作った種痘をその村の住民、そして隣接する村々の住民に強制接種させた。

すると効果は現れ、抑え込むことに成功した。


「私達、そして子達にもこれを打ちます。良いですね、小糸」

「医術のことで、でれすけの知識を疑った事なんてねぇかんね……あっごめんなさい」

「はいはい、今更口の悪さを咎《とが》めたりしませんから」

日本国では常陸国《ひたちのくに》から種痘が広まっていった。

◇◆◇◆◇

「右大臣様、重症化している風邪についてのお薬はどうしたらいいでした？」

天然痘の他にも猛威を振るっている病気がある。

『インフルエンザ』

免疫を持たないため重症化して死者が多く出ている。

「インフルエンザも天然痘みたいにワクチン接種が良いんだけど、流石《さすが》に作れないんだよこれは」

「そうでしたか……」

インフルエンザワクチン、季節のニュースでよくテレビでやっていたので覚えている。

無菌状態で生ませた卵に流行るであろう型のインフルエンザウイルスを注入して培養するとかそんなのだったはず。

これは流石に無理だ。

そして平成の終わり頃に処方されだしていた特効薬も今の科学では作れない。

ただし、

「対症療法、症状の緩和が目的で『麻黄湯』は使われていたよ」

「なるほど、麻黄湯なら右大臣様の風邪にと積んできている材料がありますでした。似たような薬草がないか捜しながら、連絡船で生薬の種を送るよう姉上に頼んでみるでした」

「あとは手洗いとマスク、部屋の湿度をあげるくらいかな、湿気に弱いって言われてたから」

学校で基本として教えている公衆衛生学くらいしか思いつかない。

「ん～ラララさんにそれらをインカ語で歌にしてもらって流行らせてみようと思うのでした」

「そうだね、文字を持たない民族だから、それを口伝で広めて」

「はいでした」

しばらくして、巷《ちまた》で、

『重い風邪みんなで防ごうでありんすよ♪　手を洗うでござりんす♪　マスクで唾を遮るでござりんす♪　湯を沸かして部屋はシットリが良いでありんすな♪　潜むウイルス防いで生きよう♪　ピラコチャ様のお告げでござりんす♪』

フラダンスの振り付けがされているのに、花魁《おいらん》語と言う変な歌が流行ってしまった。

しまったぁ～、ファナの花魁語化は防いでいたのに……。

◇◆◇◆◇

1596年12月14日

メキシコのアカプルコは森蘭丸《もりらんまる》を総大将とする織田《おだ》水軍艦隊が黒坂真琴《くろさかまこと》と分かれた後、攻め込んでいた。

アカプルコはアメリカ大陸でのイスパニア帝国太平洋側の拠点であった。

そのため、港は整備され多数のガレオン船が停泊していた。

そこを森蘭丸はアームストロング砲による奇襲艦砲射撃攻撃で大打撃を与えた後、リボルバー式歩兵銃で武装した兵士が上陸、瞬く間に占領を成功させた。

アームストロング砲とリボルバー式歩兵銃、やはり圧倒的火力による勝利。

イスパニア帝国兵は大西洋側に逃げるしかなかった。

それを深追いするような森蘭丸ではない。

圧倒的火力があっても補給が続かなければ、単なる鉄の塊になってしまう。

そのため日本国本土に輸送船を出すよう一隻、日本に向かわせ自らはアカプルコを砦《とりで》にするために動き始めた。

イスパニア帝国兵に奴隷のごとくこき使われていた先住民のアスティカ系・マヤ系の民族の接触は必然的だった。

それをイスパニア語が話せる弥助《やすけ》が交渉する。

アカプルコ一帯を日本の領地として認めればこれ以上の土地を希望しないと約束し、反イスパニア帝国に協力すると。
すると、滅ぼされかけていたアスティカ帝国の隠された継承者が名乗り出た。
その者と森蘭丸は同盟を結んだ。
森蘭丸は黒坂真琴政策の理解者。
必要以上の土地を望まない。
貿易の拠点を作れば良い事を理解している。
森蘭丸もまた、黒坂真琴と同じように動き……。

1596年12月31日

アスティカ帝国建国宣言がなされた。
続いて翌週にはマヤ帝国も建国宣言をし、
南央のアメリカ各地に反イスパニア帝国の狼煙《のろし》は上げられた。

《森蘭丸と大黒《だいこく》弥助》

「なっ、日本の民もこんな遠い異国で奴隷として働かされていたのか、くっ、身売りを強制されていた女子まで……許せんイスパニア。常陸様があの時南蛮商人を磔《はりつけ》にしたのは、このことを知っていたからか……」

アカプルコの町で日本人奴隷を目にした森蘭丸は憤慨した。

キリスト教布教の裏で行われていた日本人奴隷の売買は史実時間線でも行われていた事実。

史実時間線で豊臣秀吉《とよとみひでよし》が出した伴天連《ばてれん》追放令は日本人奴隷を阻止するのが目的の一つだったとされている。

この時間線では、キリスト教布教は認められ続けているが奴隷売買が見つかれば容赦なく磔にする法度を黒坂真琴が出している。

奴隷達の解放を宣言し、日本に帰りたいと願う者達を連絡船に順次乗せる手はずをしている森蘭丸に大黒弥助が、

「奴隷を運ぶ船を拿捕《だほ》したのですが見ます？」

今までになく落ち込みそして悔しさと怒りが交ざり合ったなんとも表現しがたい表情で言った。

「弥助、すぐに助けて……ん？　なにかあるのか？」

蘭丸が救出を命じようとしたとき弥助は首を横に振った。

「船の中、調べさせた。段々と薪のように詰められた人々、長い船旅で疫病……疱瘡が……」

「くっそ、残念……沖でその船をそのまま燃やしてくれ」

「わかった」

奴隷船、巨大な二段ベットと表現すればわかるだろうか？　人が仰向《あおむ》けで一人入るスペースがある棚、それが何段にも作られ各地で捕らわれたり買われたりした者達がぎゅうぎゅうに押し込められていた。

トイレに行くことすら許されなく、そのまま垂れ流し。

衛生環境は劣悪で、病気など広まってしまうことは当たり前だった。

大黒弥助が拿捕した船は奴隷を売って一儲《ひともう》けしようとしていた船員すら病気になっている。

陸に揚げれば、そこから病気が広がるのは火を見るより明らかだった。

大黒弥助は助けてやりたいと心では思ったが、その心をぐっと押し殺し、彼らを葬ることとした。

港から沖に曳航《えいこう》された奴隷船に自ら火を放った大黒弥助は、こんなことが繰り返されないようにする決意をさらに強め、そして燃える奴隷船の人々が天国へ行くことを強く願い、沈むまで最後まで見届けた。

握られた拳は自分の爪が手のひらに食い込み血が流れていた。

それ程強い悲しみと、そして強い決意がそこに込められていた。

「常陸様の未来の知識でどうか人が人を売り買いしない世をここにもお願いします。私はその為にどんなことだっていたします」

黒坂真琴はこの一連の経緯を手紙で知らされ大いに憤慨した。

「人は人、肌の色、目の色、毛の色、その場その場の生活環境に適するように進化したのに、なぜそれに優劣を付ける！　優劣なんてないのに！　自分たちが優れ支配する側だとなぜに思える！　なぜだ！　なぜそうやって売り買いが出来るんだ！」

怒る姿をファナは隠れ見ていた。

「ヒタチ様は異国の人の為にもあんなに怒れるなんて……」

◇◆◇◆◇

俺がグアヤキルに戻ったころ、アカプルコを森蘭丸が占領し、落ち着いたとの連絡が来た。

これからの指示を頼むと来たので、日本国からの輸送船が順調になるまでは砦造りを森蘭丸に命じるのと天然痘予防接種を伝える。

その為、小滝《こたき》配下で医術を学び種痘も理解した者を三名連絡船で送る手配をした。

広大なアメリカ大陸をむやみに動くのは得策ではなく、今は拠点作りが大切だ。

圧倒的火力を持っていても、大西洋を制しているイスパニア帝国がどんどん戦力を投入してくれれば不利になるからだ。

しばらくは俺はグアヤキルでの拠点作りに専念する。

真田《さなだ》幸村《ゆきむら》と伊達《だて》政宗《まさむね》が中心となり、どんどんと守りを固めている。

星形の稜堡《りようほ》式縄張りと真田流築城術、そして失われかけていたインカ帝国の石加工技術さらに塹壕《ざんごう》戦術までもが合わさる。

イスパニア帝国の統治が続けば失われていたであろう最高峰石加工技術を持つ職人達《たち》はイスパニア帝国憎しの心とインカ帝国復活を強く願う心で活気づいていた。

日本にはないレベルの紙一枚入らない精巧な技術で積まれていく石垣。

パズルを組み合わせるかのような石垣に驚愕《きようがく》した。

「なるほど、面を増やして組み合わせることで地震に強くするのか、これは見習うべき技術だな」

「是非とも伊達家に雇いたいと思っております」

「うちも雇いたいと言うか、インカ石工学校作ってそこで学ばせれば」

「なるほど、その手がございましたな。仙台より伊達の若い石工達をこちらに向かわせるよう次の連絡船で認《したた》めようと思います」

「うちも茶々《ちゃちゃ》に頼むか」

感心するほど美しいインカ帝国の石加工技術と俺の稜堡式縄張り、幸村の真田流築城が合わさっていく。

完成すれば、間違いなく最強の城塞都市になる事が予見できた。

城塞都市が少しずつ形になり大きくなるに合わせてどんどん人も集まってくる。

その作業とインカ帝国復興の執務が続いたある日、ファナ・ピルコワコがお茶を入れてくれた。

「お疲れ様です。ボクにはこれくらいしか出来なくてごめんなさい」

上目使いでモジモジしながらそう言って出してくれたお茶、それを見たお初《はつ》が、

「真琴様になんて物を飲ます気ですか？　闇よりもなお黒き泥水のような物を」

お初が俺に出すのを止めている茶碗《ちゃわん》からは少し懐かしい香ばしい匂いがしたので覗《のぞ》いてみた。

「なんなんですか？　泥水なんて出すはずありません」

ファナがお初に言い返したとき、懐かしい匂いが鼻の奥に届いた。

それがなんであるかわかるくらいに。

「あっ！　ココアだ、それココアだよね？」

「はい、泥水なんかではありません。なんなんですか？　お初様。ヒタチ様の疲れを癒やしていただくのにボクが入れたのに」

拗《す》ねた表情を見せているファナ・ピルコワコに対して、お初はまだそれが飲み物だと信じられないみたいでジト目で睨《にら》んで、だが、俺の言葉の続きを待っていた。

「お初、それはカカオ豆から抽出するお茶みたいな物だから大丈夫だよ。こちらで飲めるとは思ってもいなかった。ぜひ飲ませて貰《もら》うよ」

ファナ・ピルコワコが入れてくれたココアは、慣れないであろうことを想定してか薄目のココアだ。

どぎついココアなら飲めなかっただろう。

「あ～ココア、良い香り。昔は砂糖ミルク入りの缶ばかり飲んでたけどブラックも美味《うま》いな、お初も飲んでみなよ」

茶碗を渡すとお初は恐る恐る口に少し含み、

「ばふぁ、うわ、苦い。あ～でも確かに鼻に抜ける香りは良いかも、だけど……苦い、美《お》味《い》しいとは感じないわよ」

眉間に皺《しわ》を寄せた。

「カカオ豆はね、抗酸化作用があって老化防止に良いとか、カフェインで目が覚めるとか、体に良いんだよ。飲みにくいなら牛乳や豆乳と混ぜれば美味しいし、チョコレートって言うお菓子にもなるんだよ。美肌とかにも良かったはず」

説明すると、お初は表情を一変させ、ファナ・ピルコワコに向き直って一度軽く頭を下げて、

「すみませんでした。私の知識不足です」

素直に謝った。

「いいえ、知らない物、恐れる、当然。しかし、なんなんですか？　ヒタチ様は知っていますか？　あっまた聞いてしまった。ごめんなさい」

ファナ・ピルコワコは下を向いてしまった。

「あ～そう言う真琴《まこと》様の知識については絶対に詮索してはいけない事になってるからね。ってまぁ～飲食物は良いのかしらね」

お初が俺を見る視線が頷《うなず》けと言っている圧力を感じる。

「やはり神、ピラコチャ様？」

「うん、それは違うけど俺の素性詮索は遠慮してね」

「はい、ヒタチ様の言うことなら守ります。一生を捧《ささ》げるお方ですから」

「ん？」

お初は美肌に効果あると耳にしてしまったココアを堪能中でファナ・ピルコワコの言葉を聞いていなかった。

「飲み過ぎるなよ。慣れないと夜眠れなくなるし、お腹《なか》が緩くなるぞ」

「えっ？　そうなの？」

「うん、まぁ～毒にはならないけど、あっ確かココアパックなんて……」

「パック？　確か肌に塗る事でしたわね？　これを塗るのですね！　すぐに買い集めな

きゃ」

「あっ、待てお初」

俺の制止の前に部屋から急ぎ出て行ってしまった。

なんか嫌な予感が……。

数日後、俺の嫁達だけでなく、紅《くれない》常陸隊《ひたちたい》の女子までもが、ココアを顔に塗りたくり、真っ黒の状態で仕事をしていた。

「大殿様、その申し上げにくいのですが、奇妙で恐《こわ》いと兵達が……」

護衛をしていた霧隠《きりがくれ》才蔵《さいぞう》が困り顔で言ってきた。

「だよね、やめさせるよう法度……法度は大げさか、規律に加えるよ」

「お願いします」

男達からの苦情もでたため黒坂《くろさか》家家臣団規律に加えた。

『パックをして出歩くことを禁止する。

自室・寝室でする事と定める』

◇　◆　◇　◆　◇

グアヤキル城を築城して3ヶ月、形になってきた。

城門は味気ない丸太を組み合わせた門だ。鉄の門にしたい所だが製鉄技術がインカ人にはなく施設がない。

南アメリカって鉄鉱石鉱山はあったはずだが製鉄業の発展はなかった文化。

少しそこが不思議だ。不思議はいずれ発見したい。

しかし本当に門がシンプルで味気ない。

左甚五郎《ひだりじんごろう》に頼みたいところだが今回は連れてきていない。

萌《も》えな彫刻を頼めない。

勿論《もちろん》乗せてきている船大工は左甚五郎の弟子なので萌え彫刻も出来るが、お初も警戒しているし、でも味気ない門は俺の萌《もえ》的感覚が、いや、美的感覚が許せない。

ファナ・ピルコワコに彫刻師を頼むと彫金師が来た。

「なんなんですか？　彫刻？　金の飾り職人で良いですか？」

「おっ、インカの彫金技術、良いねぇ、是非見てみたい」

「わかりました」

金の細工は得意分野のインカ人。

上野の国立科学博物館でインカ帝国展を見に行ったとき感心したんだよなぁ。

是非とも頼もう。

下絵を描いていると、お初のチェックが入ってしまった。

「可……不可……」

下絵がどんどん選別された。

次の萌門にと考えていた人気ＶＴｕｂｅｒアイドル、雪女に間違えられるエルフちゃんや、海の掃除屋シャチアイドル、忍びとお約束のツッコミをされる武士アイドル、門の飾りにしたかったのに……。

左甚五郎なら上手《うま》く隠して作れるだろうに。

今回はチェックが厳しい。

「威厳を感じられる門にして下さい」

恐い顔で睨まれて言われたので、

「わかりました」

としか言いようがなかった。

仕方がない、今回は真面目路線でいこう。

彫金師に頼む正式な下絵を描き、お初にチェックしてもらう。

「やれば出来るじゃない！　真琴様」

「まぁ～今回はインカ帝国復権の為《ため》の拠点だから一応真面目に描いてみた」

「で、これですか？　良いと思うわよ」

「これで両国が同盟を結んでいるのを表す」

「なるほど、片方の門戸が馴染《なじ》み深い出《い》で立《た》ちですが、もう片方の人物は空白なのは？」

「マンコ・カパックを彫ってもらう」

「……真琴様？」

睨まれてしまった。

理由は言わなくてもわかって貰えるだろう。

「誤解するなよ、ふざけたり騙《だま》そうとしたりして言っているんじゃない。本当にいた人物、インカ帝国初代皇帝マンコ・カパックだ」

「そうですか、インカ帝国初代皇帝の名前ですか……」

「マンコ・カパックな！」

「わざと言わせようとしていますね？」

頬を少し赤く染めながらギロっと睨まれた。

だが、そのやり取りを聞いていたファナ・ピルコワコが、

「なんなんですか？　なんでマンコ・カパックの名前を知っているのですか？　あっ、これはヒタチ様に対する疑問が独り言に出てしまったので答えなくて大丈夫です。詮索するつもりではないですから」

「ファナ、本当に初代皇帝の名前なの？」

「そうですが、何かしました？」

「いや、何でもないわよ。これで良いんじゃない」

気まずくなったのかスタスタと退室するお初の後ろ姿をファナが不思議そうに見ていた。

兎《と》に角《かく》、お初の許可も出たのでファナが連れてきた彫金師にお願いした。

もう一度言おう、史実に存在した人物の名なので放送禁止用語にはならない。

インカ帝国初代皇帝マンコ・カパック。

そう言えば、沖縄に慢湖があったな。

しつこく脱線しすぎたかな。

金が主成分の合金の板に俺がデザインした日本を強く感じられる者と、インカ帝国初代皇帝マンコ・カパックの姿が彫られていく。

実寸大約170センチ程の高さの人物を門戸にする。

左門戸には和式の甲冑《かっちゅう》姿の武者だ。

オーソドックスな鍬形兜《くわがたかぶと》大鎧《おおよろい》武者、顔は面で覆っているので特定した人物ではない。

むしろわからないようにしている。

誰かを崇《あが》め奉《たてまつ》る門ではないので。

そして右門戸には彫金師がデザインしたインカ帝国初代皇帝マンコ・カパック。

戸が閉まると両者が握手をしているようになる。

その彫金されたレリーフが門に取りつけられた。

「『日本インカ友好門』と名付ける。この門に未来永劫《みらいえいごう》続く同盟であって欲しいと願いを込める」

「いつもこのような門ならよろしいのですけどね」

お初は、腕を組んでうんうんと頷いていた。

「なんなんですか？　いつもは変なのですか？」

「そりゃ〜茨城城の門なんて美少女よ！　威厳なんてない攻めてきた兵に笑われそうな門なのよ！　ね、真琴様」

腕を組んでキリッとした目つきで言われてしまうが俺は目を逸《そ》らす。

「そんな事より、ヒタチ様の国、ボクの国、いつまでも続く仲であるためにもボクと結びましょう」

「ん？」

不思議な言い回しだな？　ファナの日本語はほぼ完璧なのに、少し疑問に思った瞬間、ファナは俺の手を握って来た。

いつもなら止めに入りそうなお初《はつ》が無反応。

同盟の決意なのか、しっかりと感じられる強い握手はファナの体温が伝わってきた。

「よろしく頼む」

「はい、幾久しく」

ん？　なんか変な感じだがまぁ良いだろう。

お初とファナ・ピルコワコで話が済んでいるとはこの時まだ知らなかった。

◇◆◇◆◇

《お初とファナ・ピルコワコ》

「なんなんですか？　ヒタチ様に抱かれるにはオハツ様の許しがないと駄目って、サクラコ様が教えてくれました。なんなんですか？」

私に詰め寄ってくるファナは目が血走り、いつものもじもじとした表情を一変させていて余りの迫力に私は少し恐怖を感じた。

だが、それは真琴様への真剣な思いであることをすぐに理解した。

同じ思いを持って抱かれたいと思っていた時期があったからこその共感。

「ファナ、そんなに興奮して詰め寄ってこないでよ」

両肩を摑《つか》み必死に引き離すが、鼻息を荒くしてさらにグイッと力が入るファナ。

「なんなんですか？　ボクだってヒタチ様に抱かれたいのに」

「だから落ち着きなさい」

益々《ますます》力の入ったファナの勢いを抑えるために、足払いをして地面に倒した。

「キャッ」

尻餅を付くと、流石《さすが》に痛みで力が抜けお尻をさするファナ。

「手加減してあげたんだからね。感謝しなさい」

「ピラコチャ様に抱かれて子をなし、この国を復活に導いて貰《もら》いたいのに」

大粒の涙を流して膝を抱えて泣いてしまった。

「だからさっきから落ち着きなさいって言ってるでしょ。とっに早とちりしないでよね。あなた、いえ、インカ帝国皇帝ファナ・ピルコワコは真琴《まこと》様に相応《ふさわ》しいわよ。それにファナは心から真琴様に抱かれたいと願っている。だったら許さないわけないじゃない」

「えっ？　だったらボク、良いんですか？」

　膝を抱え座ったまま私の顔を見て泣きながらにやりとした。

「もうさっきから、血走った目で詰め寄ってきたと思えば泣いて、今度は笑って、本当、忙しいわね」

「だって、だって、サクラコ様がヒタチ様に貰っていただくのは厳しい決まりを守らないとならないって。だからボクはなれないのかと」

「厳しい決まりね、確かに決まりはあるわよ。真琴様が話す知識は他には絶対に漏らさないの。もし、真琴様の素性に気が付いてもそれを口にしてはならない。真琴様が嫁と呼ぶ正室・側室とは絶対に争わない。そして、真琴様の子は誰の子であろうと自分の子と同じように接する」

「えっ？　そんな事で良いんですか？　ヒタチ様が大切にしている物事を同じく大切にしろって極々普通の事じゃないですか？」

「だから、私はあなたを見ていてそれが出来そうだから、真琴様の嫁になりたいと申し出てきたら許すつもりだったのよ。それをあんな勢いで詰め寄ってきて恐かったわよ」

「……ごめんなさい」

「あっ、それともう一つ大切な事。真琴様を独り占めにしないことを神に約束して貰うわ」

「神様？　ピラコチャ様はヒタチ様ですが？」

「あぁ、ややこしいわね。確かフラカンと言う神がいましたわね？　その神に誓って貰います」

「そんな事で良いならすぐにします。ボク、神フラカンに誓ってヒタチ様を監禁して独り占めにするようなことはしません」

「監禁ってファナ？」

「あっ、いや、ボク何言ってるんだろ……」

「まっ、いいわよ。聞かなかったことにしとくわ。兎に角この約束は絶対守って貰います」

「はい」

私は神文血判状をインカの神の名フラカン宛てで2枚作らせ、ファナに名を書かせ血判を押して貰った。

1枚をこの国の神殿に、1枚を連絡船で常陸国《ひたちのくに》・鹿島神宮に送った。

「ファナ、これであなたも家族よ。あとは夜伽《よとぎ》の順番にあなたも入れるから、その時真琴様に迫りなさい」

「夜伽……子作り……、絶対ヒタチ様と結ばれてみせます」

顔を真っ赤に染めていつものように、アロハシャツの裾を摑みモジモジとして言った。

ははははっ、なんだかんだ言って乙女ね。

「昔のお初様を見ているようですね」

桜子《さくらこ》に言われてしまうと反論できなかった。

◇　◆　◇　◆　◇

「なんなんだ、この夜伽順番誓約書とは？　これを守らなかったら私は罰を与えないとならんのか？」

神界でフラカンが戸惑っていると、その背中を武甕槌《たけみかづちの》大神《おおかみ》がトントンと叩《たた》いてコクリと頷《うなず》き、

「私もどうしたものかと戸惑っているのよ」

「おお、日の本の神よ、あなたが約束させたのではないのか？」

「そんな約束ごと、日の本にもないが彼らが自分たちに自ら枷《かせ》を塡《は》めることで均衡を保っているのよ。それを平等と呼んでいる」

「なるほど彼ら自身の枷か」

「それを気にすることはないと思いますぞ。彼らをこのまま見守りましょう」

「ですな。ぬははははははっ」

「国の復古の手を借りると決めたとき、身も心もささげると言ったではないですか」

そう言っているのはグアヤキル城の俺の寝室に一糸纏《まと》わぬ姿で突如入ってきたファナ・ピルコワコ、服を着ていれば美少年、だが、隠さず堂々と見せている胸は小ぶりだがハリのあるお椀《わん》型の胸で、小麦色の肌に光る白に近いピンクの乳首が目立ち、窓から差し込む月明かりが映し出す裸体は引き締まり、ちょっとマッチョなのだが、肌が月明かりでツヤツヤと光り輝きとても美しい。

オイルか保湿クリーム的なの塗っているのかな？　ヌルヌルも好きだがテカテカも大好きなんだよ！　性癖を突いて来るなんてずるいぞ！　だが真意を聞くまでは我慢だ俺！

戦時中なため、連れてきた嫁達《たち》には夜伽は遠慮して貰い夜はちゃんと身体《からだ》を休ませるようにしていた。

◇
◆
◇
◆
◇

少しムラムラは溜《た》まっているのは事実だが、裸の女性が目の前に現れてもいきなり抱くほど理性を失ってはいない。

「ファナ、それは良いって言ったよね？」

ボクッ娘《こ》、ボーイッシュで可愛《かわい》い容姿、国を復活させてイスパニアの圧政から民を救いたいと頑張るファナに当然だが心引かれるものはある。

何かを頑張る女性、いや、何かを頑張る人は美しい。

皇帝ファナ・ピルコワコを俺の嫁にすれば同盟も盤石、断る理由はないが、もし手を貸す見返りに身を差し出すと言うことならきっぱりと断り、考えをたださないと。

「オハツ様には許しもらいました。側室となるための血判状も既に書きました。ボクは結ばれるなら国の為《ため》になる人と決めていました。優しくて凛々《りり》しくて様々な知識を持つヒタチ様に身を捧《ささ》げたい。それにピラコチャ様の化身のヒタチ様の子が出来ればインカの希望になりましょう。どうか、抱いて下さい」

「あの、俺、嫁いっぱいだし、日本に帰ったら戻ってこないかもしれないけど、それでも良いの？　俺もファナの事は強い志を持った凛々しい子で好きだよ。外見も。でも寂しい思いをさせてしまうと思うと抱けない……」

「一夜だけで良いので抱いて貰えませんか？　私はピラコチャ様、いいえ、ヒタチ様と一つになりたい」

迫ってくるファナから女性特有のあまい桃と表現したくなるフェロモンが鼻に入り心を乱した。

あの出会った時気が付けなかったファナの匂いはとても女性的だ。

強く刺激してくる。

理性と欲望の間を割って入ってくる。

他の側室と違うタイプのファナ・ピルコワコを今すぐ抱きたい欲望で頭はいっぱいだが

言わねばならないことは言う。

「一夜だけか……それはもうしたくない」

トゥルックとの事が頭をよぎってしまう。

結果的には離れて暮らす嫁になったが、常陸国と樺太《からふと》と訳、距離が違う。

もう一度来ることが出来るか怪しい南アメリカ大陸だ。

しかも相手はこれから復興していく国の皇帝。

それを抱いて良いのか？

「深く考えないで下さい。ボクはヒタチ様に初めてを貰っていただきたいのです。ヒタチ様が日の本の国に付いてこいと言うならこの国を誰かに任せ付いて行きます」

「皇帝という地位を捨ててでも？」

「一度消えた国です。イスパニア人に一矢報いることが出来た。父達の仇《かたき》は取れたと思っています。旗頭はボクでなくても大丈夫」

「それは違うよ。やはり皇帝の血を引き継ぐ者が国の復興を見届けるべきだよ」

「なんなんですか？　やはりボクには魅力がないから抱いてくれないのですね。ボクが男のような容姿をしているから……うっぅぅぅぅぅ。ボクはただ好きになった人に抱かれたいのに」

目尻に涙が溜まっていくのが見えた。

俺は、シーツを手に取りファナの体にかけて優しく抱いた。

「ファナは魅力的だよ。綺麗《きれい》だ」

「なら、抱いて下さい」

『抱いてやれ。クロサカ、お前は必ずこの地に帰ってくる。私が呼ぶからな』


「「えっ？　なに？」」


ファナと二人で天井を見上げたが誰も居ない。

俺はいつも神力を借りるときに内側に聞こえる声だと気が付いたが、ファナが、

「神様のお声が……やはりボクはピラコチャ様の生まれ変わりヒタチ様に抱かれてピラコチャ様の子を産まなくてはなりません！　インカの復興を見届けろというなら、なおさら」

纏ったシーツを勢いよく投げ捨て、俺の肩をぐいぐいと押してベットに倒され、服を脱がされた。

反抗すれば当然力で勝てるが、女の子から迫られる夢のシチュエーションに萌《も》えを感じてファナの細腕を払いのけることが出来なかった。

「ちょっと待ってって！　そんないきなり！」

「いたっ……でも！」

「うぁ、ファナっ強いって、無理にすると」

「痛い、痛いけど一つになりたい」

「ちょっと……ああああああっ」

初めて女性がリードする子作りをしてしまった。

もの凄《すご》く強引だったが、ファナの熱い心を感じ俺は感動してしまった。


次の日、神の化身と崇《あが》められている俺と、皇帝ファナ・ピルコワコの結婚を城外に住むインカ人に発表した。

俺としてのけじめだ。

一夜の関係でなく、嫁、家族として結ばれたことをみんなに知ってもらいたかった。

神ピラコチャの化身と皇帝の結びつきがインカの新しい国の希望になるとインカ人はそれを歓迎し祝ってくれた。

もう取り返しがつかないのでは？

神の名を借り続けることになるのかな……。


「ファナはお初《はつ》から許しは貰《もら》ったって迫ってきたけど良かったの？」

「国の復興に神の化身と崇めている真琴様の権威が欲しいって言われたらね。それに英雄である真琴様を愛して恋しくてしょうがないって言われたら私も気持ちがわかるもの許すしかないでしょ。ファナはうじうじしたところがあるけど誰よりも情熱的な心を持っているわ。神の力を宿し国を復興しようとしているのも私には理解出来るの。だから許したのよ」

「かなり情熱的でした。あんなに情熱的に女性から迫られたのは初めて」

「ふぅ～ん。良かったわね。鼻の下伸びきって床に着きそうよ」

冷めた目で睨《ね》め付けてくるお初の心はきっと本心では嫉妬で一杯なんだろうな。

「お初、昔も今もお初のことも変わらず好きだからな」

「わかっているわよ。恥ずかしいから口に出さなくて良いわよ」

顔を真っ赤にしていた。

ツンデレお初健在で可愛い。

◇◆◇◆◇

こちらに来て大分日にちが過ぎ、日本から積んできた米はなくなり、日々の食事はインカ料理となっている。

米がなくなり主食はジャガ芋やとうもろこし。ジャガ芋は寒い季節に踏み踏みして寒風にさらして作る保存食、とうもろこしはカラカラに乾かした保存食だ。

米がないのは想定していたが小麦粉文化がないのは意外だった。

パンの変わりが、とうもろこしの粉で作った薄いパン、所謂《いわゆる》、トルティーヤ。

そこに魚介類中心に煮込み料理を巻いて食べる。

とある日の夕食。

「くあっ、ちきしょうなんじゃこりゃ～、くぁ～辛すぎる」

「なんなんですか？　駄目でしたか？」

「御主人様、それはファナ陛下が、御主人様にと自ら作った料理だったので味見は遠慮したのですが」

桜子が慌ててとうもろこしの髭《ひげ》で作ったお茶を出してきた。

テンジクネズミの仲間クイというネズミをじっくり焼いた料理に塗られていた香辛料が兎《と》に角《かく》辛かった。

「良いリモが手に入ったから使ったのに……」

「それなんか聞いたことある。かなり辛い種のトウガラシだよね？　俺、激辛はちょっと無理だから御免、げほっげほっ」

「そんなに辛いの？　真琴《まこと》様、大げさだから。ちょっと一口食べさせて」

激辛ネズミの丸焼きを一口口にしたお初は、すぐさまどこかへ走って消えていった。

絶対辛くて飲み込めなかったのだろう。

「ファナ、気持ちは有り難いけど、スパイスは少なめで」

「はい……」

ファナは落ち込んでしまったと思ったが、次の日にはスパイスが使われていないネズミの丸焼きが出された。

「あっ、これ好きな塩かも、美味《おい》しい」

「ヒタチ様、アンデスの塩を使ってみました」

「これは好きだよ。アンデスの塩、上野の博物館で買ったことあったなぁ……優しい塩で好きな奴《やつ》だからこれはまた頼むよ」

「はい」

ファナは嬉《うれ》しそうにしていた。

俺はアンデスの塩を手に入れた。

RPGみたいだな。

「確かに優しい味でした。まるで会津の塩のようでした」

小滝《こたき》は塩で地元・福島を懐かしんでいた。

塩は船旅に使う保存食には必須、容易に手に入るのは助かる。

保存食を作るのを任せている桜子《さくらこ》達にも好評だった。

牛や豚は一般的でなく、リャマや大きなネズミ、モルモットみたいなサイズのネズミを食べたりする。

鶏も一般的ではなかったようで、こちらは船に乗せてきたのを増やして賄う。

桜子がインカ料理と和食を融合させ、日本人好みに味を改良し兵士たちからは不満が出ないのが救いだ。

食は人間にとっては大事、さらにうちでは医食同源を大切にしている。

医術が発展途上のため食で病気を防ぐ。

その医食同源メニューでも重要なトマトは様々な形の物が手に入る。

唐辛子も原産地なだけあり手に入り、少し色が鮮やかな料理が続く。

お酒はとうもろこし原料の口噛《か》み酒のチチャだった。

「誰が作ったかわからないチチャは嫌だからファナが作ったので頼むよ」

「もちろんです」

快く引き受けてくれ本場のポップコーンと共にファナ・ピルコワコが作ってくれた口噛み酒チチャを飲む。

そんななか、

「うわ、やっと来た、サツマイモ！」

探し求めていた芋、サツマイモ。

「サツマイモやっと見つけた。これちょっと融通してもらえないかな？　日本に送りたくて」

ファナに言うと、

「なんなんですか？　その呼び名？って駄目なんでしたよね、ごめんなさい。すぐに手配致します」

「なんで薩摩《さつま》の芋でもないのにサツマイモと命名するのですか？　御主人様」

珍しく俺の素性を知っている桜子が小声で俺にだけ聞こえるように聞いてきた。

「ん～と、俺の『あれ』だと薩摩から日本各地に広がっていったんだよ。だから薩摩芋と呼んでて」

「なら、常陸《ひたち》から広がっていく事になるのですから『常陸芋』にしたらどうです？　それとも常陸の国では栽培にあまり適していないとか？」

「そんなことはないよ。常陸の国では栽培が盛んで、一度蒸した薩摩芋を干して作る干し芋が茨城の名物だったんだから」

「へ～そんな食べ方があるんですね」

「常陸で穫《と》れるようになったらこっちでも作りたいな」

「お任せ下さい、御主人様。御主人様が欲している干し芋を絶対作ってみせます」

桜子は腕まくりをしてやる気を見せてくれた。

「呼び名は俺が親しみあるから薩摩芋で」

「わかりました」

マウンダー極小期に向けて食料改革の要の一つに加えたい薩摩芋。

農業改革担当奉行である真田《さなだ》幸村《ゆきむら》にインカ人から栽培を学ぶように命じた。

薩摩芋、ふふふ、これで茨城名物の干し芋が作れるぞ。

薩摩芋は甘味があり、お初達《たち》にも好評だった。

せっかくなので、残った牛の乳を使いなんとかスイートポテトを作ってあげると、

「うわ、この芋からこんな甘い菓子もつくれるのですか？　美味しいです」

お初達は喜んでくれた。


先日「苦い」と言われてしまったカカオ豆を使ってチョコレートも試してみた。

ん～これはちょっと失敗だな。

思った物にならず薬を口にしているみたいだった。

チョコレートのカカオ含有率80パーセントとかのが平成でも流行《はや》っていたが、あれもなかなか苦味が強かったが俺のはさらに苦かった。

クリームとかを混ぜ合わせる必要があるのだろうが、流石《さすが》にそこまでお菓子の知識がなく残念だ。

ただ、抗酸化作用云々《うんぬん》を前に言ったので、お初達は老け防止の薬として食べていた。

女性は気になるのね。

まだ、若いから大丈夫だと思うんだけどな。

◇　◆　◇　◆　◇

日本国本土から順調に高速輸送連絡船が来るようになると、前田利家《まえだとしいえ》を総大将とするインド洋の情勢も連絡が入った。

日本から出発した前田利家艦隊はオーストラリア大陸に一度寄り、柳生宗矩《やぎゅうむねのり》と合流、そして寄港なしでマダガスカル島へ一気に進撃した。

そのインド洋突破作戦で大いに活躍したのは蒲生氏郷《がもううじさと》だったそうだ。

蒲生氏郷には「インド洋を超えてくる敵がいずれあるかもしれない」と話したことがあるのだが、蒲生氏郷はそれを逆に考え、インド洋を超えて攻撃する立場になるかもしれないと、オーストラリア大陸カーナボーン城から遠洋試験航行を繰り返し行っていたそうだ。

その経験を踏まえて先鋒《せんぽう》を務め、マダガスカル島に一番乗り、拠点を築き支配しようとしていたイスパニア帝国軍を追い出すことに成功した。

そして、東西南北に城塞港を建設したが内陸部の先住民への干渉はせず港周辺だけを支配した。

不満を持つ先住民に対しては柳生宗矩が率先して対処、火器で勝負ではなく単身で先住民の代表と決闘。

槍《やり》を手に向かってくる戦士を奥義・無刀取りで肉体を殺さず精神を殺した。

宗矩の無刀取りは相手が強ければ強いほど、武士・戦士として自信があればあるほど効果的だ。

　俺も一度心を折られかけている。

そうした戦いで先住民に一目置かれた柳生宗矩が交渉したそうだ。

いくつか港とその周辺の土地の割譲と、マダガスカル島は日本国の藩と言う枠組みに入れるが自治権は先住民が持つ、だが『日本国』であるため武力を以《もっ》て屈服させようとするイスパニアなどからは守るという俺が進めている政策を説明し、マダガスカル島は『日本国マダガスカル島藩』として編入させた。

　そしてその割譲してもらったいくつかの港、中でも重要拠点、アフリカ大陸との間にあるモザンビーク海峡にある港、メインティラーノを強固な城塞にすることでモザンビーク海峡封鎖作戦を決行した。

　これによりヨーロッパからインド洋、太平洋に向かうイスパニア（スペイン・ポルトガル）・イギリス・フランスなどの艦船が航行不能になりインド洋制海権は完全に日本が掌握した。

　このことが決定打になり、ごたごたと史実時間線ではもめごと続きイスパニア（スペイン・ポルトガル）・イギリス・フランスは敵対関係だったが、強大な敵『日本国』が現れたことにより三国同盟を締結。

　強大な完全に異なる文化・異なる人種が敵になれば、近しい民族は手を結ぶ。

いつの時代においても当然の事だった。

俺が占領したいと考えていたアフリカ大陸南端の喜望峰を城塞化し、大西洋に抜けさせないための防衛拠点としたそうだ。

前田利家達は攻め込もうとしているが、マダガスカル島の守りを強くするために日本からの航路を盤石にしないとならず、戦艦がそちらにも回ってしまい今は様子見との事だ。

急《せ》いては事をし損じる。

戦線が拡大しているので当然か、前田利家、蒲生氏郷、柳生宗矩に任せておけば大丈夫だろう。

そして、織田信長《おだのぶなが》はと言うと……。

◇　◆　◇　◆　◇

「なんで、こっちに来てしまうかな。しかし来てしまった以上は紹介します。こちらインカ帝国皇帝のファナ・ピルコワワコです。ファナ、こちらは日本国の王・織田信長様、お初《はつ》の伯父だよ」

威風堂々とした織田信長に臆することなくファナは、

「インカ帝国皇帝のファナ・ピルコワワコです。日本語はヒタチ様から教わりましたので大丈夫です」

突如来訪した織田信長を日本国王として、インカ帝国皇帝ファナ・ピルコワワコに紹介した。

「異国の王を側室にしたか常陸は？」

「えぇ、まぁ」

「良い良い、好きにせい」

軽く顔合わせをした後、祝宴となり、織田信長は俺の目の前で茹《ゆ》でた珍しい色、黒に近い紫色のとうもろこしを食べている。

「なんでこっちに来てしまうんですか、信長様」

「じっとしていられるか」

南アメリカ大陸に乗り込んできた経緯を聞いた。

ハワイ経由連絡船から南アメリカで俺がイスパニア人を撃退した知らせを聞き、自身の目で確かめたく来たそうだ。

「もう、信長様には日本でドッシリと構えていて欲しかったのに」

「性に合わん。それにこの大陸も見てみたかったのだ。言ったであろう儂《わし》は世界を目にしたい。このとうもろこしもそうだ。珍しい。この様な物を儂自身の目で見て食してみたかったのだ」

日本のとうもろこしで馴染《なじ》み深いのは黄色だが、他に白・紫・黒・緑・青・赤・茶、一房に様々な色が入ったレインボーカラーだって存在する。

米に赤や黒が存在するように。

「紫色のとうもろこしはアントシアニンが含まれていて目の疲れ緩和や老眼に良いんですよ」

「老眼……馬鹿にするな！」

「痛いなぁ、鉄扇で脇腹を刺してこないで下さいよ」

織田信長は年寄り扱いするには若々しいのだが、ん？　給仕をするのに隣に居た小滝《こたき》が、

「アントシアニンって確か右大臣様の医学知識に抗酸化作用と書かれていたはずでした。すなわち美容に良いと言うことですね？」

「そうなるね」

「ならば、率先して取らなくてはでした」

小滝が台所に走って行ってしまった。

そして出て来たコーンスープは漆黒色、紫色を通り越して漆黒色だ。

竹炭のスープ？　烏賊墨《いかすみ》？　そう思えてしまうがスプーンですくうと、とうもろこしの粒々が。桜子《さくらこ》と梅子《うめこ》が美味《おい》しく味付けしてくれたので悔しいが味は良い。

流石にこの漆黒色のコーンスープは美容に良いと言ってもお初がためらうほどだった。

織田信長は色を気にせず口にし、美味《うま》いと喜んでいる。

とうもろこしを気に入っている事を目にしたファナ・ピルコワコはこの宴席の後、インカ帝国皇帝から日本国王織田信長への友好の証《あかし》しとして、黄金で作られたとうもろこしの像を贈った。

インカ帝国展で見たことある奴《やつ》だ。

確か、紀元前の物。

「あっ！　ファナ、俺だって古代インカの宝一つくらいは欲しいのに」

「日本の王陛下、イスパニアから取り戻した黄金です。どうぞ受け取って下さい。ヒタチ様にはこれを」

そう言って渡されたのは……黄金で作られた男性器の像だった。

「なんでだよ～」

「次の皇帝を作るのに子宝を祈って、ヒタチ様に頑張って貰《もら》えるよう」

お初がジト目で、

「そんなの渡さなくたって精力の衰えはないわよ。真琴《まこと》様、それ茨城城に持ち帰っても大広間の床の間に飾るのはやめてよね」

「うっ……うん、専用の祠《ほこら》作ってそこに奉《まつ》らせて貰うよ」

「日本にも子宝祈願で男性器を模した木彫りが御神体の神社もあるから、祠で祀《まつ》る事には何も言えないけど、なんで金で作るかな」

お初だけでなく一緒にそれを見た桜子まで若干引き気味だった。

「なんなんですか？　日の本にはその様な神がいるのですね？　ボクも見てみたいな」

「神ではないわよ」

お初が少し興奮気味に否定すると、

「え？　でも神を祀る神殿なんですよね？　違うんですか？」

「……うん」

口ごもってしまうお初、その姿を見た織田信長は、

「ぬはははははっ、インカの皇帝は中々面白き女子よ。この初を言い負かす女子を初めて見たわ！　気に入ったぞ！　ぬはははははははっ」

信長は俺たちのやり取りがとても気に入ったらしく大笑いをしていた。

お初や桜子達には、祭祀《さいし》で使われる災いを断つナイフ『トゥミ』を模して作られた金の首飾りをファナがプレゼントしていた。

俺もそっちの方が良かったな……。

一夜明けて俺の執務室で織田信長と二人で世界地図を見ながら話す。

「俺はしばらくはこっちでインカ帝国やアスティカ・マヤなどの復権に力を入れようかと。イスパニア帝国が今、支配したいのは間違いなくこの大陸、そこを旧勢力に力を貸してひきつけながら打撃を与える。その間にマダガスカル島の整備と出来ればアフリカ大陸最南端を取って貰いたいですよ。戦略的に重要な拠点なので」

「そうか、利家達《たち》の尻を少し叩《たた》くか。それより、南蛮の国々が敵となった今、味方を増やすことは良い。この戦いを利用して虐げられた者どもを助けたいのが常陸《ひたち》、貴様の本来の目的であろう?」

「そうです。今ならまだ間に合います。失われそうな文化を守れます。文化だけでなく動植物だって」

「ふふふふふっ、新しい物を次々と取り入れている常陸がそれを言うと不思議に感じるな」

「文化を守りながら、でも、新しい物を取り入れて発展、進化する。それが俺の理想ですよ。例えば茶々《ちゃちゃ》やお初が俺が愛する萌《も》え文化とは一線を画す伝統的日本文化を守ろうとしてくれているのが助かっているんですよ。皆新しい物に気を引かれ、それに俺に気に入られようと必死に新しい物ばかりに手を出す。でも茶々やお初は俺に媚《こ》びへつらう事なんてしないですからね。己を通す事、それを否定しないことを彼女達は知っていて俺に嫌われる事なんてないと信じてやっているのがわかりますから」

「うむ、茶々は頑固なところがあるからな。お市《いち》によう似ておる。皆が少しはそう言う気構えを持っていると良いのだが。それより、儂と手を結びたいと申し出た国が出て来た」

持っていた鉄扇で信長が地図を指し示した。

「オスマントルコですか……」

「ん？　どうした」

「いや、今敵にしているのがキリスト教国なんですが、オスマントルコはイスラム教なんですよ。キリスト教とイスラム教の争いの歴史は長く今も続いていたはず。そこに日本が現れキリスト教国と戦っている。それに乗じて支配圏を伸ばそうと考えている。ん〜……イスラム教の力もいずれ抑えたいと考えていたので厄介ですよ」

「また宗教が絡むのか、馬鹿馬鹿しい」

「馬鹿馬鹿しいですが俺も一応、神のお力を借りてますからね。そう言わないで下さい」

俺は陰陽師、特に鹿島神宮の神のお力を借りている。

最近だと笠間《かさま》の神も力を頻繁に貸してくれ、さらにインカの神フラカンも味方してくれている。

「ふっそうであったな。そう言えば織田家も元々は神職の家系だ」

織田信長も実は神社とは関係が深い。

史実で熱田神宮への寄進は行われており、この時間線の今も続けている。

だからといって日本に編入した国々に神道強制は行っていない。

「知ってます。ですが、このまま他への強制はしない方針で」

「ふっ、くだらぬ。己自身信じるものが神。他者が信仰を強制してどうなる？　そんなもの偽りの信仰ぞ、違うか？　常陸」

「そうなんですけどね、宗教を使って自分たちの都合の良いように支配していくのが彼らのやり方」

「そんなものこの信長が壊してくれる。それが常陸の言う新しき秩序なのであろう？　儂はどう動けば良い？　貴様は儂の軍師、そろそろ進む先を決めよ」

「信長様に日本に残って貰ったのは、俺が知る世界の支配構図が完全に変わったからなんです。だから、不測の事態に備えて日本で軍備の温存をしていて欲しかったんです。そして東西からイスパニアを目指していますが、先に近くまで行った方に本軍として向かって貰おうと考えていたんですよ。そうすれば必ずイスパニア、フィリッペ2世の首を取れると」

「そうか……」

「他の国までもが勢いづいてしまうと先にバチカンやイスパニアを攻められ、目的達成が困難になってしまうので信長様の本隊を温存しておけばこちらの進軍速度は落ちないかなと」

「では、オスマントルコはどうする？」

キリスト教とイスラム教の戦い、どちらかに手を貸すような構図は避けたい。

「今、日本が宗教対立に肩入れすれば、間違いなくその肩入れしたほうが勝ちます。それでは日本国は恨みを買うだけ、新しい秩序を作るのはほど遠くなります」

政治と宗教を切り離した日本国が手本を示さねばならない。

どうすれば良いのかしばらく考え時が過ぎると、

「幸せを祈り、助けを求め、日々健やかに暮らす事、死んだときに極楽やら天国に行くために祈る対象が争いの種になる。皮肉なものよな」

信長《のぶなが》はしみじみと言った。

「しかも、その宗教対立の根幹になるキリスト教、イスラム教、ユダヤ教って大元は同じ神を信じる宗教ですからね。それが争うことになって俺の時代にまで続くんですよ。それも世界を滅ぼすような兵器まで作って、笑うに笑えないですよね」

「常陸はその未来を回避する為《ため》に儂に世界の覇者になれと言うわけなのであろう？」

「俺が日本史史上一番尊敬しているのはあなた様、織田《おだ》信長様ですから。日本の宗教と政治の強い結びつきを分断させたのは、信長様の比叡山《ひえいざん》焼き討ちと一向一揆《いっこういっき》に容赦ない攻めをしたのが大きな影響を与えたと考えています。日本はなんだかんだ言って宗教対立がない国になるのですから、珍しいんですよ。あっでも、帝《みかど》を『現人神《アラヒトガミ》』として崇拝させ戦争した時代もあったか……、それも完全に無くすためにいずれは帝もどうにかしないと」

「帝、朝廷か？　牙は全て抜いた。今は手の内。それは後回しで良かろう。それよりどうする？」

俺はしばらく地図を眺めながら考え、

「取り敢《あ》えずは、高山右近《たかやまうこん》とイスパニア帝国フィリッペ2世の首ですよね。信雄《のぶかつ》殿の無念を晴らすために。そして、ローマ教皇が指示したかどうかの真意を確かめてから、考える事になるかと」

「その為には儂《わし》は日本で戦備を整えじっくり動かずにいるか」

「オーストラリア大陸から少しずつ届いているはずの鉄を使って船や大砲そして鉄砲作りを盛んにして下さい」

「新式のあの連発が出来る銃は使ったのか？」

「ええ、使いました。そのおかげでこの地を取ったのですから」

「流石《さすが》は未来の銃だな。よし、常陸の言う通りに日本に戻ろう」

「そう願います」

今後の道筋を改めて信長と話し合っていると、廊下を走る足音の後に扉の前で、

「お話の所失礼して入らせていただきます」

お初《はつ》の声がして扉が開く。

「話はほぼ終わったから大丈夫だよ、何か急用？」

「真琴様、大軍がここを目指して進軍してきています。イスパニアの旗、と物見から」

「そうか、すぐ見に行く。兵に鉄砲、大砲の用意をさせて、それと城下に住むインカの民は海側の郭《くるわ》に避難させて、戦うと言う戦士は幸村《ゆきむら》の指示に従うと約束させて塹壕《ざんごう》に忍ばせて」

「任せなさい」

「常陸の差配、見せて貰おう」

◇◆◇◆◇

甲冑《かっちゅう》を着、外に出れば珍しく大雨、敵の布陣を確かめるため物見櫓《ものみやぐら》に上る。

グアヤキル城はイスパニア帝国の数万近い大軍に囲まれた。

大雨の先でも敵の旗がわかるほどひしめいている。

「ヒタチ様、囲まれてしまいました」

物見櫓に織田信長と共に上ると先にファナが上っておりずっと先を見ていた。

不安そうな顔で俺と信長の顔を交互に見るが、

「常陸に任せておけば大丈夫であろう、そうであろう？」

ギラリと睨《にら》む織田信長に少したじろいだファナだったが、唾をゴクリと音が聞こえるくらい勢いよく飲み込み、

「ボクはヒタチ様を信じております」

「異国の女子にも心底好かれるとは男冥利に尽きるな常陸」

「ありがとうございます。それより今は目の前にいる敵です。軍議を開きます」

真田《さなだ》幸村、真壁氏幹《まかべうじもと》、伊達政宗《だてまさむね》・東住《とうずみ》姉妹などを集め軍議を始める。

「常陸様、先鋒《せんぽう》はこの伊達政宗に」

「そう焦ってくれるな伊達殿」

「ん？　もしや籠城？　しかし援軍の見込みが」

相手は数万の大軍、それに対してこちらは織田信長が連れてきた兵を含めても2000を越える程度、少しずつ城に集まりつつあるインカ人は兵として数には入れていない。連携が難しい状態で人数に入れてしまっても烏合《うごう》の衆、すぐに混乱し収拾がつかなくなり無駄死に。

どのような戦い方をするのかわからないインカ人戦士、少数だが19世紀の武器を使う日本軍、対するは16世紀の武器を持つ大軍イスパニア帝国。

前三戦のように火力に物を言わせて戦うのが定石だ。

しかも、火器での防衛を想定した星形の稜堡《りょうほ》式縄張りと真田流築城術の馬出しや堀の複雑さを追加し、そしてインカ帝国の石加工技術が合わさった城は未完成ながら堅牢《けんろう》な守りだ。

外にわざわざ出て戦う必要性もない。

同席する織田信長は素知らぬ顔で、俺の試作チョコレートを食べて苦々しい顔をしていた。

「敵はこちらが大砲、鉄砲を使えないと思い込んでいるから大雨を狙って攻めてきたに違いない。慌てずひきつけながらアームストロング砲、リボルバー式歩兵銃で迎え撃つ……あっいや待て」

相手が攻めて来ない可能性もある。

周りを囲んで兵糧責めはいささか厄介だ。

早期決着が望ましい。

「わざとアームストロング砲、リボルバー式歩兵銃が撃てないよう城壁で兵士たちに装わせよ。真田幸村、城を出て槍《やり》、刀、弓矢で迎え撃つ素振りを見せ、相手を引きつけよ。相手が攻めてきた所で一目散に城に戻る。そして城門に入った所の虎口でリボルバー式歩兵銃を撃つ。その指揮はお初、頼むぞ」

「撃つ見極めは任せなさい」

「真田隊が城の中に戻った所で真壁氏幹隊がアームストロング砲を撃つ」

「はっ、お任せ下さい」

「城の外に出て迎え撃つ役目、この伊達政宗にお任せ下さい」

「伊達様、この城のことを全て把握している私にお任せを。この様な時のために塹壕をつなげた抜け穴も作っております。私なら兵達《たち》を引き連れて迅速に城外の兵に斬りこめます。そして、撤退も早く出来、兵を無駄に失わない戦いが出来ます」

気に入らなかったのか伊達政宗は立ち上がり、さらに敵に斬り込みたいと言おうとする素振りを見せたが俺は間髪容《い》れずに、

「伊達殿、功を焦るのはわかりますが、幸村に任せてやって下さい。その代わり、敵が混乱したところで伊達の足の速さを見せて下さい。追撃を伊達政宗隊そしてアームストロング砲から槍に持ち替えた真壁氏幹隊に命じる」

「「はっ」」

不満そうな表情を見せる伊達政宗だったが、城の構造は幸村の方が詳しいため渋々納得した。

「東住姉妹は、少ない兵だが紅《くれない》常陸隊《ひたちたい》を使い戦艦を沖に退避させて守れ。敵に取られては話にならんからな」

「はっ、お任せ下さい」

「忍びを猿飛《さるとび》佐助《さすけ》と霧隠《きりがくれ》才蔵《さいぞう》に分ける。佐助は本丸に残り、信長様とファナの護衛。才蔵は敵の甲冑を奪い取り変装して組頭の首を狙え、指示を与える者をなくし混乱に陥らせよ」

「「はっ」」

そう指示を出していると信長は、

「はははは、常陸らしい戦い方よのう。またはったりを使うとは。弾薬はぎっしり積んできた。好きに使え、イスパニアに目に物見せてやれ」

歯をチョコレートで真っ黒にしながら笑った。

大雨降る中、真田幸村は兵士500を連れて敵前に突っ込む素振りを見せる。

すると、イスパニア帝国の兵は雨の中撃てるように事前に何かで雨から濡《ぬ》れるのを防いでいた火縄銃を発砲してきた。

だが、和式愛闇幡型甲冑はその球を弾《はじ》き返す。

しかし、わざとらしく倒れる兵士を引きずりながら城に逃げる芝居を見せ城門は大きく開かれる。

イスパニア兵はここぞとばかりに突っ込んできた。

真田幸村達は、堀や塹壕に身を隠す。

敵は一番外の門から中に入ると、虎口で構え待っていた紅常陸隊にお初がリボルバー式歩兵銃を撃つ合図をした。

「今よ、放て！」

撃てないものだと思い込んで突っ込んで来たイスパニア兵は慌てふためく、弾丸が南蛮甲冑を容赦なく貫く。

しかも、連続射撃だ、逃げようがない。

虎口では先鋒のイスパニア兵が次々と倒れていく。

間髪容れず抜け穴から城内に戻った真田幸村隊もリボルバー式歩兵銃に武器を持ち替えお初の隊とともに銃撃に加わった。

大雨でなにが起きているのかわからないであろう後方の敵兵が動き出したところで、真壁氏幹隊がアームストロング砲をイスパニア兵に向けて撃った。

耳に響く爆発音がした後、かん高い風切りの音、そして敵の陣で撒《ま》き上がる泥のしぶきで命中がわかる。

次々と続く砲撃で敵の陣形は崩れ、逃げ出す者が見え始めた。

さらに、イスパニア兵に扮《ふん》した霧隠才蔵達が隊を纏《まと》めようとしている者の首を斬り落とす。

収拾がつかなくなりだしたイスパニア兵に、隊を乱さず伊達政宗隊と真壁氏幹隊が追い打ちする。

「敵兵を一掃する！　伊達の力とくとご覧あれ」

伊達政宗は両手に太刀を持ち、馬に跨《また》がり敵兵の首を次々と落としていった。

「太刀二刀を持ち馬を乗りこなす。伊達政宗器用だな」

「樺太《からふと》で苦い思いを彼はしたので、なみなみならない修行に励んだようで」

「伊達政宗、忘れないでおこう」

伊達政宗の勇士に織田信長が歓喜していた。それに後れを取るものかと、うちの兵も真壁氏幹が率いて次々と敵を倒していった。

雨が止《や》み見晴らしが良くなった先には、逃げ惑うイスパニア兵と南蛮甲冑をも物ともせず真っ二つに斬る剣豪の集団、敵の血で水たまりが真っ赤に染まった。

上半身だけとなりそれでもまだ息がある敵兵が這《は》いずって逃げようとしているのが目に入った。

それが無数に見えるのだから地獄のような光景だ。

昔の俺だったら目を背けていただろうが、今はこの戦いをしっかり見届ける覚悟を持っている。

新しい秩序を作ると決めたときからこの様な戦いは続くとわかっていた。

久慈川の殲滅《せんめつ》戦だって新しい秩序を持つ日本を作るための戦いだった。

その後に作られた新しい日本は民が安心して働き、衣食住に困らぬ世だった。

この始めてしまった戦いもずっと先になるかもしれないが、終えた後きっと民が笑って暮らせる世が来る。

作らねばならない。

敗者と言う犠牲者を出してでも、世界を作り替える為《ため》の戦いは、どの様な光景が広がろうと見届けないと。

織田信長《おだのぶなが》は当然として、その地獄のような光景をファナは動じず一緒に静かな顔で見ていた。

「未来の知識を活用した兵器に数など関係なしだな」

「イスパニア帝国もまた、インカ帝国・アスティカ帝国などを最初に制したのは数ではなく重火器の圧倒的火力と鉄製の武具があってこそでしたから。今、うちが使っている重火器は単純に300年後使われるはずだった兵器、数などは敵ではないですよ。実際、武士の時代が終わる時の最後の戦も、重火器の優劣は大きく影響しましたから」

俺と信長の会話から、

「未来の知識……なんなん……そう言うこと……」

驚きを小さく呟《つぶや》くファナだったが、そのあと、

「絶対に言いません。今のは何だったのかボク、わかりません。鉄砲の音で聞こえませんでした」

耳打ちしてきたので、肩を抱き寄せた。

「常陸、戦場で女子を抱くとは余裕だな。それより兵器はその後も発展するのか?」

「一発で近江《おうみ》など消えてしまう兵器も作ってしまいましたからね。まるで星が降ってきたかのような爆発をする核爆弾がありますよ。日本はそれを二発撃ち込まれて世界に降伏しましたから」

「そのような未来は儂《わし》がなくす。いや、常陸がなくせ。日本国がいつまでもそのような目にあわない強国に造り上げよ」

「そうしたいですね」

「インカもそれに協力します」

ファナが俺の手を振りほどき力強く言うと、

「若いくせに肝っ玉が据わっておる。良い王になるぞ」

「俺もそう思います」

ファナを見ると恥ずかしくなったのかうつむいていた。

そんな会話をしている中、雲が一気に消え日差しが、アンデスの山を背景に虹を作った。


太陽が俺たちの背、太平洋に沈み始めたころにはイスパニア帝国兵は皆地べたに倒れ動く者は見えなくなっていた。

圧倒的火力と複雑な城の縄張りを活用した戦術の勝利、織田信長はそれに満足そうな顔をしながらただひたすら遠くを見つめた。

平原からは、伊達政宗と真壁氏幹の勝ちどきが聞こえた。

「すごい、凄《すご》いです、ヒタチ様。あんなに多くのイスパニア兵を一日にして倒すなんて、この戦いの事が広まれば各地のインカ人が蜂起するかもしれません」

ファナは遠くから聞こえる勝ちどきに応えるかのように拳を突き上げ勝利を喜んでいた。

◇　◆　◇　◆　◇

戦いが終わり、信長とファナが先に物見櫓《ものみやぐら》から室内に入っていった。

俺はしばらく物見櫓に一人立ち、帰還する兵達を見ていると、

「真琴《まこと》様、大丈夫？　どこもおかしくない？　匂い感じてる？」

お初《はつ》が俺の元に走ってきた。

兜《かぶと》を脱ぎ、俺の頬を両手で固定して目をしっかりと見つめてきたので、その手の甲に俺の手のひらを重ねた。

しっかりと頬に当てられていたお初の手を鼻に持って行く。

汗でしっとりと湿った革手袋、

「お初の汗の匂い、スーハースーハー、酸っぱ」

両手が引っ込められ尻をバシッと一撃蹴られた。

甲冑《かっちゅう》を着ていても伝わる衝撃は重い……本当に重い思い。

「馬鹿」

「心配してくれてありがとうな、大丈夫だよ。魔の入る隙はないよ」

「なら良いけど、油断しないでよね。真琴様は心に弱さがあるんだから」

「うん、本当今日の戦いはそれなりに覚悟してたから無残な光景でも大丈夫」

「そっ」

確かめるようにお初はジッと目を見てから俺の頬を優しく両手で叩《たた》いて、

「大丈夫みたいね。よかった」

「それより、ファナに秘密バレた。信長様、俺が言ってると思ったみたいで口にしてしまって」

「そう伯父上様が……ファナなら大丈夫よ。でもあとで私が念押ししておくわよ」

「頼んだ」

「私が見込み違いになるのが嫌なだけよ」

「お初、色々面倒事任せてごめんなさい。でもお初じゃないと頼めないから」

「ねぇ～真琴様、私、頼れる嫁かしら？」

「勿論《もちろん》、誰よりも頼れる嫁であり家族だよ」

「そう……ふふふっ」

お初はにやりと溶けた顔を一瞬したが、また眼力鋭い顔に戻り、

「ファナの事の前に、今夜は城の守りを固めるよう指示してくるわ。逃げた兵が山陰で隠れて集結して捨て身の弔い合戦をしてくるかもしれないから」

兜を再び被《かぶ》り物見櫓を下りていった。

◇　◆　◇　◆　◇

1597年10月6日

第四戦となったグアヤキル城防衛の戦いから1ヶ月ほど過ぎ織田信長が帰国したある日、外には下半身だけを隠したイスパニア人と思われる三人の男が両手をあげグアヤキル城に向かってきた。

「使者デス　攻撃しないでクダサイ」

たどたどしい日本語を大声で叫びながら城門に近づいてきたらしく、それを真田《さなだ》幸村《ゆきむら》は捕まえた。

流石《さすが》に裸のままとはいかず服を与えたとのこと。

男の裸は見ても嬉《うれ》しくもないのでナイス幸村。

「磔《はりつけ》にでもいたします？」

「一応、使者と名乗っているから日本の合戦みたいに丁重に応対して」

「はっ」

イスパニア帝国とは戦争時の約束事や決め事がないため使者の印など決めていない。

その為、攻撃をしにきたわけではないのを裸で示したのだろう。

殺し合いをする戦争にルールと言うのは変な話だが、この時代、他国間戦争にルールはない。

戦争にルールが決められるのはずっと後の事。

「どうするの真琴様？」

「ここの国はあくまでもインカ帝国、決め事は皇帝ファナだよ」

「でもボクでは……」

イスパニア人に対しての怒り、幼き頃に刻まれた恐怖心、だが、交渉をしないとならない皇帝としての役目、入り乱れた感情が俺の服の裾をギュッと摑《つか》むファナの手から伝わってきた。

「使者の対応はインカ帝国皇帝ファナ・ピルコワコだ。ファナ、皇帝としてどんと構え偉そうに座っていれば良いから。幸村と政宗《まさむね》をその脇に立ったせるから心配はないよ、難しい交渉は俺の方で考えるから」

「ヒタチ様を信じています」

ここはあくまでもインカ帝国、ファナが一番偉くないと。

俺は相手側の出方を見るために化ける。

「お初、ちょっと良い？」

「ん？」

耳打ちで話すと、

「また変な事思いついて、はいはい、ちゃんとバレないように仕度させます」

しばらくして使者を拝謁の間に通した。

謁見の間は50畳ほどの広さがある石畳の洋間だ。

壁際には複数の甲冑を並べて装飾にしている。

その謁見の間の上段にはインカ帝国皇帝ファナ・ピルコワコとお初を並び椅子に座らせ

る。

お初には同盟国日本代表の代理を務めてもらう。

その一段下の下座の左側に真田幸村、右側に伊達《だて》政宗、そして槍《やり》を持つインカ人を整列させた。

イスパニア帝国の使者の第一声は、

「お初の方様、真田幸村様お久しぶりでございます」

流暢《りゅうちょう》な日本語で話す老人だった。

お初はその顔を忘れておらず、だが、驚きもせずに冷静に返事をした。

「老けましたね」

「あれからあちらこちらに行き、インカの地に神デウスの教えを広めるべくたどり着きました」

「教えを押しつけてるだけでは？」

お初は冷たくあしらうと使者は、お初からファナに目線を移し、

「インカ帝国皇帝ファナ・ピルコワコ様にイスパニア帝国との和睦をお願いにまいりました」

「ワボク？」

首を傾《かし》げながらファナは答えた。

お初が和睦の意味を教える。

「ワボクの条件は？」

「アンデス山脈より西側をインカ帝国としアンデス山脈より東をイスパニア帝国が支配します」

　惨敗したのにもかかわらず使者は言う。

「負けておきながら随分と強気ですね？」

　お初が言うと、

「イスパニア帝国は日本には、いえ、黒坂《くろさか》様の兵には負けましたがインカ帝国に負けたわけではございません。黒坂様はいつまでも守ってくださいませんよ。現に今もここにおいでではないではございませんか？」

　なるほどな、俺がいずれは撤退するから南アメリカの大半をよこせばインカ帝国を認めようという譲歩か？

「ヒタチ様、ボクの夫はお腹《なか》の子の父親、守ってくれないわけない」

え？　もう妊娠したの？　衝撃的事実にびっくりする。

「次の皇帝は黒坂様の子供と言うわけですか？　くはははははは、あの悪魔の子？　くははははははは」

　何かが壊れたように笑い出す使者、それに恐怖を感じたのかファナはお初に手を伸ばすと握って貰《もら》っていた。

　使者はそれを逃すはずもなく、

「若い、若い。大国があなたに治められますか？　今ならイスパニアは先の戦いをなかったことにして、インカ帝国をイスパニアの属国として迎えることにだって出来ますぞ」

ファナは黙ってしまい目をキョロキョロとさせていた。

そろそろ出時だろう。

「悪いな、俺の子供が跡継ぎだと都合も悪いだろう。なんせ、日本と血縁と言う強い縁で結ばれるのだからな」

慌てて首を左右に動かす使者。

「ルイス・フロイス、久しぶりだな」

俺は壁に飾られた甲冑に紛れ込んで横から見ていた。

使者は俺が日本から追放したルイス・フロイスだ。

俺は愛用甲冑の面を上げ、お初と席を替わってもらい上段に座ると、ルイス・フロイスは怯《おび》えた表情を見せた。

「殺しはせぬよ。使者を殺せば信雄《のぶかつ》殿を殺したイスパニア帝国皇帝と一緒になるからな。ファナ、悪いがイスパニア帝国との和睦の条件は俺が言わせてもらう」

「ヒタチ様にお任せ致します」

インカ帝国皇帝のファナ・ピルコワコの顔をたてるために了承を得る。

ファナ・ピルコワコの皇帝としての器がまだ出来上がっていない以上、俺が補佐してやらねばならない。

多少歪《いびつ》な同盟関係だが、これは少しずつ年月をかけ本当に対等な同盟、そして真の友好国になれれば良いと考えている。

「ルイス・フロイス、イスパニア帝国とインカ帝国との和睦の条件は、あっ、いや、アスティカ帝国やマヤなども含めて和睦の条件を言う。この大陸から去れ、去るまで俺はこの地を守り続ける。さらに、信雄殿を磔にした者を日本に引き渡してもらおう。そうすればイスパニアと何らかの条約を取り決める。そうして交易を出来るようにする」

飲み込めぬとわかっている条件を提示すると、ルイス・フロイスの顔は一気に真っ赤になり興奮状態に入ってしまったのか、

「悪魔だ、悪魔だ、悪魔だ、悪魔がいる―――」

突如俺の背中辺りを指さし常陸《ひたち》の国を追い出したときのように半狂乱になりだした。

俺の背にいる者が見えるのか？

『異国の者にとっては儂《わし》は悪《あ》しき者か』

俺の背で様子を見ていたインカの神フラカンがルイス・フロイスの目に悪魔として映ってしまったようだ。

立ち上がり今にも殴りかかってきそうな形相になると、伊達政宗は抜刀するが使者を斬らせまいと斬りかかる前に真田幸村一足飛びでルイス・フロイスを押さえつけた。

「政宗殿、納刀を」

「はっ」

「ルイス・フロイス、イスパニア帝国皇帝に伝えよ。日本と和睦したければ自らの過ちを認め首を差し出せとな。幸村、この者達《たち》を丁重に城の外に出せ」

「はっ、かしこまりました。ルイス・フロイス、信雄様の御無念は倍返しだ！」

堺●人さん似の幸村が言うと様になるな。

などと感心してしまいながら一人笑いそうになった。

謁見の間から引きずり出されるルイス・フロイスの顔には生気を感じられなかった。

「どっちが悪魔だよ、まったく」

一人つぶやくとファナ・ピルコワコは、

「ヒタチ様、我々には、救世主様です。ピラコチャ様です」

「だから違うって」

「そう言うことにしといて下さい。それより」

微笑《ほほえ》みながら俺の手を取りお腹に当てた。

この後、小滝《こたき》に聞くと妊娠は本当だった。

「おめでとうございますでした。右大臣様、ファナ様から自分から言いたいと言われたので黙っていました。ごめんなさいでした」

「ははははっ、別にそれを責めたりはしないよ。小滝、兵達のケガもまだ見ている最中で悪いんだけど」

「右大臣様、わかっています。ファナ様の子は私達の子と一緒です。しっかり生まれるよう細心の注意をお約束しますでした」

「よろしくね」

「はいでした」

◇◆◇◆◇

《茶々《ちやちや》》

真琴《まこと》様が作られた地球儀を見ながら一度読んだ真琴様直筆の手紙をギュと抱きしめた。

目標としていた異国の地・南アメリカ大陸に到達し、インカ帝国との同盟を成し遂げた。

真琴様はどこまで偉大な存在になるのでしょうか？

私では想像が追い付かないでしょう。

しかし、真琴様が今なさっていることは、何百年も先を見据えた事。

そのお手伝いはしっかりとしないと。

兵糧、そして新たなる武器を真琴様の元にどんどん送らなければ。

武器は領内で作られた物を送れば良いのですが、農作物は限られている。

その中から真琴様に送ってしまえば、日本国内で値がつり上がり庶民が困ってしまう。

それでは意味がありません。

どうしたものか……。

「姉上様、オーストラリア大陸から蕎麦《そば》と麦が届きましたよ。最上義康《もがみよしやす》がオーストラリア大陸を日本国の食料庫になるように農業改革に力を入れてるって」

「そうですか、義康が。流石《さすが》、真琴様の元で学んだだけの事はありますね」

「お米はしばらくかかりそうだって」

「仕方ないでしょう。水田は作るのに時を必要としますから」

「で、その荷はマコのとこに届くように手配すれば良いんですよね？」

「小麦や蕎麦を領内の分として少々降ろしてその空いた分、米を積んでその船を真琴様の元に向かわせて」

「は〜い、任して、それで不正がないか監視するのに千世《ちよ》ちゃんと与祢《よね》ちゃんを港監視役にして良いよね？」

「そうですね、あの二人なら適任でしょう。新しき船……まだ誰にも知られてはいけない船の事もあるから千世と与祢なら大丈夫でしょう。あなたが組織した漆黒常陸隊《しっこくひたちたい》の組長格とし、目付役に命じます」

「じゃ〜そのように手配するね」

「あと、学校の生徒達も送るようにして。兵だけでなく農業を学んだ者や腕の良い鍛冶師、大工なども」

「ん〜マコの所に送る大工、美少女萌《もえ》彫りに卓越した者が良いよね?」

「うっ、……はぁ〜でも真琴様ならそう言う者が来て欲しいでしょうから異国で腕を振るいたいと言う者を船に」

「は〜い。マコが異国でどんな美少女萌彫りを作らせるか楽しみだなぁ〜」

お江《ごう》は鼻歌を歌いながら楽しそうに部屋を出て行った。

私はその後ろ姿を見て頭痛がした。

はぁ〜真琴様、なにを作らせるのでしょう。お初《はつ》、せめて品性は保てるよう私の代わりにしっかりと監視しなさい。

◇◆◇◆◇

籐《とう》で編まれた籠に入れて寝かせてある我が子、

「父上様が帰ってきたら名前いただきましょうね」

声をかけるとキャッキャキャキャッと声を出して笑っていた。

《彩華《いろは》・仁保《にほ》と、とうもろこし》

「父上様から届いたとうもろこし凄《すご》い色してるよ～」

「うわ～ほんとだ……これなんて真っ黒」

「腐ってるのかな～？」

真琴がアメリカ大陸から乾燥した様々な色のとうもろこしを送ると、それを最初に見た彩華と仁保が手に取り驚いていた。

「姉様、これどうします？」

「ん～父上様の短い手紙だと、『どうだ珍しいだろう？』とだけ書かれているから、この色の事だと思うんだけど……」

「もう、父上様は」

黒だけでなく真っ白のとうもろこしを手にしていた仁保の後ろから忍び寄る生き物……。

「あっ」

そう言った瞬間、動物園の郭《くるわ》から脱走したエミューにその珍しい色のとうもろこしを奪われた。

一生懸命突っつき食べるエミューに仁保が啞然《あぜん》としていると、彩華が静かに鉄扇を手にし、エミューの頭を小突いて気絶させた。

「も～兄上様が道場に行ってる隙を狙って脱走したのね」

武丸《たけまる》は動物たちの世話を休むことはなかったが、黒坂家の跡取りとして鍛えるべく剣術の稽古を鹿島道場などでしていたため必然的に留守になる時間があった。

その様子を陸亀に乗った経津丸《ふつまる》が眺め、

「彩華姉様は初母上様みたいで恐《こわ》いです」

のしのしと横切っていった。

「ちょっと、経津丸、あんたも手伝いなさいよね、このエミュー小屋に運ぶわよ」

「嫌です〜はっ」

経津丸が乗っていた陸亀の脇腹を足で軽く叩《たた》くと馬のように走り出し、消えていった。

「お江の母様、経津丸に変な事仕込むから逃げられた」

「わ〜ん父上様からの贈り物なのに〜」

仁保は泣き出した。

その一連を見ていた桃子《ももこ》が、

「はいはい、父上様からのとうもろこしはいっぱいあるから、増やしてみましょうね。だから大丈夫ですよ」

優しく抱きかかえ泣き止《や》むよう励ましていた。

このあと、色とりどりのとうもろこしは、のぼう・成田《なりた》長親《ながちか》の元に運ばれ、試験栽培が始まった。

数年後、抗酸化作用を持つアントシアニンが多く含まれる黒色のとうもろこしで作られるどす黒いスープが、黒坂《くろさか》家が運営する食堂で美容スープとして女性に人気になる。

◇◆◇◆◇

日本国本土からは高速輸送連絡船が往復し、代わる代わるグアヤキル城に補給が来るようになり、武器弾薬の他に食料も米や麦、蕎麦などが兵士たち届くようになってきたのでなに不自由ない生活になる。

常陸の学校で鍛えられた最先端の兵器を扱う兵士達も少しずつこちらに送られ5000人以上に増えた。

もちろん、萌な陶器に入った御神水仕立て御祓《おはら》い済み御神酒シリーズや反物、鉄製農具も届き、それをインカ人に売る。

珍しい陶器と、お酒の組み合わせは人気が出る。

インカ人はお金でのやり取りではなく物々交換が基本だったので、流通貨幣改革を少しずつ始めた。

手始めに金銀で小指の爪ほどのサイズの小判を作らせ、それを貨幣として使うところから始める。

ただし、それらに使う金銀は未来で文化財になるであろうインカ伝統工芸品、祭祀《さいし》道具を溶かして使う事は厳しく禁止とした。

素晴らしいそれらの品々はむしろ俺のポケットマネーで買い取りだ。

インカ帝国が落ち着いたら、ファナに改めて国の宝として買い取って貰《もら》う。

それらを展示する大きな博物館を作れば世界が落ち着けば良い観光施設としてインカ帝国を潤してくれるだろう。

貨幣改革に話を戻してダイヤモンド、エメラルド、ターコイズなどの原石も日本国貨幣との交換出来るように町に交換所を開設した。

様々な物を作っているうちでは貴重な材料になる。

光り輝くように加工して、加賀前田《かがまえだ》家などに売れれば漆工芸品に取り入れる事なども考えられる。

「大殿、このダイヤって言うんですかい？　硬くて加工出来ないのですが」

兵の中に宝石加工を学んだ者がおり買い取ったは良いがどう加工しようかと悩み聞いてきた。

「硬ければ硬い物で削るんだよ」

「頓知ですかい？　あっしはそういうのが苦手で」

「頓知ではないよ。ダイヤはダイヤの粉末で削るんだよ。ダイヤは硬いけど割れやすいから小さかったり色味があまり良くなかったりした物を金槌《かなづち》で叩いて粉にして研磨剤にして加工する」

「なるほど……」

「あっ、そうだ、試しなんだけどこういった形に研磨して貰えないかな？」

絵にして渡すと、

「試してはみますがこの様に面が多い加工は難しいかと」

58面体ラウンドブリリアントカットを提案してみた。

「それね、光の屈折とかから最高に綺麗《きれい》に見えるカットになるんだよ。付加価値が高くなる。世界の宝石好きが競って欲しがる物になるんだけど」

「っと言うことは国が潤うって訳ですね。やってみましょうってんだい」

「この地でインカ人と協力してやって、宝石の輸出でこの国を復興させる資金を作りたいから」

「へい、わかっておりやす。共に豊かになる、日本国だけが潤わないようにと学校で習いやした」

「あ～左甚五郎《ひだりじんごろう》の職人学校の出だっけ？」

「へい、丸瀬徹《まるせとおる》と申します。ではあっしは早速研磨を試してみますんで」

この時間線でラウンドブリリアントカットを考案したのはマルセル・トルコフスキーではなく俺であり、その技術を実用化したのは丸瀬徹となった。

こうして金銀だけでなく宝石なども組み入れ、少しずつ少しずつ貨幣制度を整えた。

貨幣制度改革で町の市場が活気づき人が少しずつだが次々に集まるようになり、定住者も増えた。

その為《ため》、約2週間サイクルで代わる代わる来る高速輸送連絡船に左甚五郎率いる大工達《たち》を送るように茶々《ちゃちゃ》に手紙を書く。

グアヤキル城城塞都市の平民が暮らす家々をパネル工法で作りたいからと書いて。

もちろん、本当の狙いは別だが。

◇　◆　◇　◆　◇

グアヤキル城城塞都市が繁栄を始めた頃、会議の場でファナ・ピルコワコが、

「ヒタチ様、クスコを奪還いたしたく、お力をお貸しいただけませんか？　クスコはインカにとって重要な土地、クスコを首都にしとうございます」

「クスコか丁度考えていたところだ。ただ俺はちょっと動けないから、伊達政宗《だてまさむね》にクスコ奪還総大将を命じる。兵士２０００、アームストロング砲20門・リボルバー式歩兵銃１５００を使いイスパニアからクスコを奪還、インカ帝国の旗を立てよ」

「総大将を御命じ下さり光栄の極み、ありがたき幸せ。すぐに準備を整えまして」

出陣の準備を始めるとインカ人達も槍《やり》などを取り戦うと集まる。

インカの兵と連携を取れるよう訓練も考えないとかないとな。

「ヒタチ様、インカの復興に我らが血を流さなくてどうする！　と、集まった者達です。どうか、ダテ様と一緒に」

今はスピード重視、イスパニアや欧州の国々の軍に補充が成される前に奪還を始めなければ。

「弓矢は使えるんだよね？　だったら鏃《やじり》は日本式鉄製のを使わせよう。槍も出来る限り提供して……。伊達政宗隊が相手をアームストロング砲とリボルバー式歩兵銃で弱らせた所に攻め込む、今はそれが一番の戦い方かな？　政宗殿、頼みました」

「心得ました。彼らの命この伊達政宗がお預かりいたし、無駄死になどさせないよういたしましょう」

2日後、クスコに向かって進軍を開始した。

クスコは進軍から20日後、イスパニア帝国兵逃亡により軽々とインカ帝国の手に戻った。うちの兵器の噂《うわさ》が広まり、進軍してきたら逃げるしかないと戦々恐々としていたと捕まえたイスパニア帝国兵の口から聞き出した。

『常陸《ひたち》様、逃げ遅れたイスパニア兵でエアー・ゴークロックなる大将格を捕まえましたがいかが致しましょう？　クスコではインカ人に対してかなり酷《ひど》い事をしていたみたいですが、そちらに送り裁きを受けさせますか？』


伊達政宗からどうするか聞いてくる使者が来たので、国が落ち着くまでは日本国の法度で裁きを出すことをインカ帝国皇帝ファナ・ピルコワコの了承を得る。

「ヒタチ様にお任せいたします」

「なら、盗《と》らず・殺さず・犯さず・傷付けず、これを破った者は厳罰だけど良い？」

「なんなんですか？　そんなの人として当然の事ではないですか」

そう言って同意してくれた。

『罪状ことごとく吟味の上、日本の法度に照らし合わせて罰を与えるように』

と手紙を託した。

結果は磔《はりつけ》だった。

全ての罪を犯していたそうだ。

◇　◆　◇　◆　◇

クスコ攻めでイスパニア兵の逃亡、やはり今が攻め時だ。

だが、町の復興を疎《おろそ》かにしてはならない。

クスコをインカ帝国首都に相応《ふさわ》しい町にしなくては。

先《ま》ずイスパニア帝国に壊された神殿修繕、それに防衛施設建設を伊達政宗に命じ、しばらくクスコに留《とど》まるようにさせた。


「御大将、この幸村《ゆきむら》、敵を攻める好機と考えております。どうか私にも攻める機会を」

「幸村が焦ってどうする？　焦る必要はない」

「ですが、今なら敵は我らを恐れております」

「わかっているよ。だからこうして軍備を整えている」

「では、御大将は動くのですね？」

「あぁ、次の補給が来ればもう良いだろう。幸村、出陣の仕度を調えよ」

「はっ、お任せを」

「ファナ、俺はグアヤキルを一度離れるが伊達政宗の隊は置いていく、伊達政宗を頼ってくれ」

「なんなんですか？　どこに行こうと？」

「ちょっとここを攻めてくる」

　地図を指し示すと、

「耳にしてます。イスパニアが重要視していると。御武運を願っております」

　快く送り出してくれた。

俺は日本からの補給で再度軍備を整え、重要拠点にするべき地に艦隊を率いて出撃した。

アメリカを南北に繋《つな》ぐ重要拠点、それはパナマ地峡。

この地は太平洋と大西洋に繋がるカリブ海に約70キロメートルという距離で隔てる陸地。

約70キロメートル、茨城県で言うと北の端北茨城市から県庁がある水戸市くらいの距離より少しある程度だ。

常磐道《じょうばんどう》を使えば1時間強、そんなとても近い距離。

大西洋からカリブ海に入ったイスパニア帝国船はこの地峡で東西を結ぶ陸路を使い、馬車などで物資を太平洋側に運び、港で船に載せ替え、また、その逆も行っている重要な地。

南アメリカ大陸を南下して太平洋から大西洋に行くには距離も遠く、また、波が荒く難所と聞いている。

そのため、パナマ運河が作られていなくても重要拠点なのだが、すでに太平洋の覇権は日本が掌握し、イスパニア帝国などの船は運航出来ていない。

さらに、艦砲射撃を得意とするうちの戦いを警戒してか、いざ攻め込むとパナマ地峡はすでに放棄され荒れ果てた地となっていた。

おそらくその戦力などは、北アメリカか南アメリカの陸地に向けられているはずだ。

それはいずれ叩《たた》くとして、今はパナマ地峡を抑えることが戦略上重要な事。

そこを抑えればイスパニア帝国が切り拓《ひら》いた陸路を使い大西洋側に出られる。

抵抗なく上陸、

「真田《さなだ》幸村、この地より東に軍を進めよ。イスパニア兵が潜んでいる可能性は高い。忍びを各地に放ち、様子を窺《うかが》いながら慎重に兵を進めよ」

「はっ、お任せ下さい」

真田幸村を先鋒《せんぽう》にして東に向け軍を進めた。

5日後、

「戦いなかったわね」

「なくて良かったじゃないか」

「拍子抜けよ」

お初《はつ》とカリブ海を眺めている。

「これが日本から見ると西の海？　ん？　東？　どっちにしても海は海ね」

「ん？　海は海だけど？」

「色でも違うのかと思っていたけど海ね」

「だから海だよ」

「っとに、真琴《まこと》様には今の私の気持ちわからないのかしら？」

「どうした？　いきなり不機嫌になって」

「陸地で隔てた海に出たのよ！　感動したって良いじゃない」

「おっ、おう、ごめんごめん」

「真琴様にとってはさほどの事ではないのでしょうけど」

お初はしばらく一人岩に腰をかけ、波静かなカリブ海の遠くを見つめていた。

「御大将、次の指示を下さい。造船する場を作りますか？」

「幸村、しばらく待って。兵を交代で休ませよ」

「はっ」

◇　◆　◇　◆　◇

さて、船をどうにかしなければだが、俺はとある祭りを参考に出来ないかと進軍中ずっと考えていた。

それは平成時代、茨城県北茨城市大津町で見た祭りだ。

その祭りを応用すればイスパニア帝国の意表を突く事が出来るはずだ。

人員は森蘭丸《もりらんまる》達が復興させているマヤ・アスティカ帝国とファナにも協力して貰《もら》ってインカ帝国から出して貰おう。

道も早急に整備して貰わなければ。

いつまでも喜望峰の守りを固めることで大西洋の覇権を守っていられるとは思うなよ。

ファナ・ピルコワコと森蘭丸にパナマ地峡の陸路整備に人員を出すように頼んだ。

「幸村、大きな陸路を整備する奉行を命じる」

「陸路……もしや！」

「そう、だから頼むぞ。大切な道だ」

「はっ、頑丈で広く平坦《へいたん》な道を急ぎ造ってご覧に入れます」


集められたインカ人とマヤ・アスティカ人はいささか疑問を感じながらも、石加工技術を駆使して広い道路整備を開始してくれた。

あとは、俺の相棒の船がこの無茶に耐えられるかが問題だな。

色々準備が必要だから左甚五郎《ひだりじんごろう》を呼び寄せるか。

『茶々へ
大急ぎで左甚五郎と腕利きの大工衆をこちらに送って欲しい
戦略上どうしても必要なのでよろしく頼む
黒坂《くろさか》真琴』

《茶々》

　左甚五郎をねぇ……萌《も》え門？　いや、大急ぎ、戦略上と言うのが気になるわ。なにか大切な事で甚五郎の手が必要なのね。

「お江《ごう》、左甚五郎を連れて真琴様の元に急ぎなさい」

「え？　良いんですか？　姉上様」

「真琴様の戦力として十分に働いてきなさい。それと毎日毎日部屋に閉じこもっている弥《や》美《み》も連れて行きなさい」

「ん～弥美ちゃんかぁ～……」

「大黒弥助《だいこくやすけ》も向こうにいるので流石《さすが》に怠けていられないでしょう」

「まぁ～鎖鎌の腕は私が厳しく鍛えたから、マコのと言うか、甚五郎ちゃんの護衛くらいさせられるかな」

「それで良いわよ。それと、弥美に夜伽《よとぎ》順番誓約書を書かせなさい」

「は～い」

「異国に行くのめんどくさいですぅ～」

　面倒くさがる弥美をお江は首後ろをストンと叩き気絶させ船に乗せた。

「姉上様、マコの力になってくるね」

お江達《たち》はパナマという地に旅立って行った。

◇◆◇◆◇

道路拡張工事に半年を費やす間、伊達政宗《だてまさむね》を主戦力とした南アメリカ大陸解放軍はインカ帝国領地回復の激戦を繰り広げた。

俺はグアヤキル城に一度戻り、そちらへの兵・物資手配、インカの復興など様々な執務をこなしパナマ地峡横断道路拡張工事の完成を待った。

道路整備、農業改革支援、町の整備、学校の導入、医療支援、やることは多く、その都度俺から出した案を皇帝のファナ・ピルコワコが命じるのでは二重の手間になるので、俺のインカ帝国での地位を『インカ帝国執政』、真田幸村、伊達政宗、真壁氏幹《まかべうじもと》を『インカ帝国皇帝補佐』、お初を『インカ帝国皇帝執政代理』とインカ帝国皇帝ファナ・ピルコワコに任命して貰い、それぞれ各自が命じられるようにした。

他に桜子《さくらこ》は『孤児院運営長』となり、流行病やイスパニア帝国の襲撃などで親を亡くした子を集めアルパカ牧場を運営、そこで刈り取られた毛を使って反物を作りながら共同生活する場を作る。

常陸国《ひたちのくに》で行っていた生糸生産のアルパカ版。

小滝《こたき》には『伝染病防疫長』として、種痘推進、公衆衛生教育、漢方の知識を使った治療を担当して貰い、ララは天才的通訳技術で『通訳教育長』としたが、ララが日本語を教えると花魁《おいらん》語になってしまうため、『日本語教育専門長』として梅子《うめこ》が補佐して日本語を教えるように働いて貰う。妊娠しているファナ・ピルコワコはクスコ陥落後もグアヤキル城で俺とともに政務に励んでいる。

もちろん、インカ人の優秀な者には役職を与え、ファナの家臣に取り立てた。

その多くは親や祖父母の代にインカ帝国に仕えていた家系の者達だった。

イスパニア兵から逃れ、山間部で身を潜め暮らしていたそうだ。

ファナの噂《うわさ》を聞きつけ、山を下りてきたらしい。

マチュピチュかな？　いずれ行きたい場所。

その仕官した者達から推し進めている黒坂家主導復興政治に、疑問や不満の声が一部でささやかれていたことは忍びから耳に入っていたが、俺の二つ名『ピラコチャの化身』、そして、イスパニア兵より優れた武力で撃退したこと、また伊達政宗が破竹の勢いでイスパニア兵を各地で撃退していることで、表立ってその声が大きくなることはなく、季節が過ぎると農業改革支援で萌え栄える作物が収穫され、搾取などせずインカ帝国国内自由流通にしたことで疑問や不満の声は全くと言って良いほど巷《ちまた》でささやかれることはなくなった。

と言っても、猿飛佐助《さるとびさすけ》達があまりに目に余る者は小滝の調合した毒薬で暗殺してしまった。

お初の命で。安定した国家を作ることが今の一番の課題なので、俺は口出しを控えた。

そんな中、日本から待望の左甚五郎が到着したと思ったら、お江と弥美も一緒に来た。

「マコ～久しぶり～」

お江はいつものごとく首に抱きついてくるあたりは変わらず可愛《かわい》い。

「きゃははははははっ、私もぉ～来ちゃったきゃはははははっ」

横ピースを目の前でやる決め顔をしてから弥美が俺の腕にしがみついてきた。

「あんたら相変わらずね」

「姉上様、益々《ますます》勇ましくなったみたいですね」

「やだぁ～そんな恐《こわ》い顔、しないで下さいよぉ～、茶々《ちゃちゃ》様から常陸様の身の回りの事を頼まれて来たんですからぁ～」

「邪魔しに来たの間違いでは？」

「お初様、辛辣ぅ～」

「まぁまぁ。二人とも良く来たと言いたいがなぜに来たの？」

「え～だって、マコが甚五郎ちゃんを呼び寄せるって事はまた可愛い彫刻を彫らせるんでしょ？」

ケラケラ笑いながら期待の眼差《まなざ》しを見せて言うお江。

それを見てお初は警戒の眼差しを向けてきた。

「あ～うん、あとにはやるつもりだが今は大工衆でドーム型住居の建設指導を頼みたい。

グアヤキル城でも幾万人が集まるかわからなくなってきたから工期が短く頑丈な住居を建てなければならないからな。それと、作らねばならない大切な物があるからな、あれ？さっき見えた甚五郎は？」

「長い船旅のせいか、やつれていたから小滝のところに行かせたわよ」

「ちょっと急ぎの仕事を頼みたいから大事ないと良いのだが」

「疲れだけみたいだから数日休めば大丈夫じゃない」

お江と弥美がうんうんと頷《うなず》いているので船にいるはずの医師も診ているのだろう。

「無理をさせてしまったか」

「速さ重視の連絡船は結構揺れ酷《ひど》いよマコ～。ねえねえ、それより、そこの綺麗《きれい》な女性のお腹《なか》の子はマコの子でしょ？」

当たり前のごとく俺に新しい側室がいる事を前提で話す、お江。

「ああ、紹介する。インカ帝国皇帝ファナ・ピルコワコだ。ファナ、お江だ。俺の嫁の一人でお初の妹、よろしく頼む。こう見えて身軽で忍びの術が誰より長《た》けている」

「マコ～、変な紹介しないでよ～も～、ファナちゃんって呼ばしてもらうね、お江だよ」

「先輩と言うやつですね？」

俺が教える日本語を良く覚えてくれるファナは優しく微笑《ほほえ》み、

「よろしくお願いします。ボクはインカ帝国皇帝ファナ・ピルコワコです」

挨拶するファナにお江は優しくお腹を触り、

「仲良くしようね、ファナちゃん」

ケラケラと笑っていた。

お江なら心配ないが、弥美が、

「えぇぇぇぇずるいですぅ～、弥美の方が先に唾付けてたのにぃ～」

「唾？　汚い、ヒタチ様になんてことを」

「あぁ、ファナ、それは、ん～説明が難しい、俺の語彙力はどこ行った、ララ誤解解いといて」

「はいでありんす」

ハワイ人であるララがファナに難解な日本語を優しい表現にして教えるのも変な話なのだが。

「真琴《まこと》様、説明するの諦めましたね？」

お初《はつ》にツッコミを入れられてしまった。

「そんなことよりぃ～弥美にもお種くださいよぉ～」

腕にがっしりしがみつく弥美、風呂に入れなかった船旅のせいで臭いが強い。

けして嫌な臭いではなく俺の性癖の鍵を音も立てずに開けてきた。

「くぁ～最高にギャルっぽい匂い！」

「えっ？　えぇ～私ぃ臭いですかぁ？」

「弥美、違うから安心しなさい。それより姉上様が承知で来たのですよね？」

「勿論《もちろん》ですよぉ～そんな恐い目で見ないで下さいよぉ～、夜伽順番誓約書は鹿島神宮にちゃんと納めてきましたからぁ～」

「真琴様、と言うことで、弥美を嫁として側室に迎えられますか？」

「日本に置いてきて数年経《た》っているのにこんなに懐いてくれてるギャル、最高～～！」

「はぁ～、箍《たが》が外れてしまって壊れたわね。弥美、今宵《こよい》三三九度の杯を交わした後、夜伽の順に入れますので、覚悟しておきなさい」

「ん？　覚悟ですかぁ～？」

弥美の肩を激励するように叩《たた》いていたお初の姿が印象的だった。


その夜、大黒弥助の姫・弥美を正式に嫁として迎え入れる為《ため》婚儀を済ませ、抱いた。


「くぁ～、弥美の香ばしい匂い最高だぜ！」

勿論婚礼前に風呂に入った弥美だったが、長旅の為、体臭がいつもより濃い。

若い女性特有の甘い匂いと、香ばしい臭いが合わさりその匂いで興奮して俺は燃えた。


「痛いですってばぁぁぁぁぁぁぁぁぁぁ～」

◇◆◇◆◇

3日後、元気になった左甚五郎《ひだりじんごろう》に早速仕事を頼む。

「殿様、あっしは何を作ればよろしいので？」

「巨大な物を運ぶための台車を作ってもらいたい」

「巨大な物？」

「船を載せる台車だ。だから頑丈でなくてはならない。しかも、大切な船を任せるから腕を信頼出来る左甚五郎ではないと任せられないから呼んだ。木の特性など見極められる目を持つ信頼出来る者は左甚五郎しかいないからな」

日本とは違う木々を使う為、材料の見極めから行う必要がある。

左甚五郎は近江《おうみ》、そして常陸、樺太《からふと》、オーストラリア大陸と様々な地でそれらに応えてくれた。

「はあ？　船を運ぶ？　どこからどこに？　港に陸揚げするくらいならうちの弟子達でも、もう十分な腕を持っていますが？」

「船を太平洋から大西洋に移動させる」

壁に貼ってある地図を見せながら説明すると、流石の左甚五郎も驚いていた。

「かぁ～流石、殿様だ。壮大なこと思いつくねぇっ、こんな大仕事じゃ～弟子達には任せられねぇ～な。この左甚五郎腕の見せ所、傷一つ付けることなく大切な船を運んで見せましょうってんだい」

手ぬぐいをくるくるとねじり、それを額に縛る左甚五郎のやる気に満ちた顔に船旅の疲れは一切感じられず安心した。

パナマ運河がなければ陸上を運べば良い。

平成時代に見た茨城県北茨城市大津町の国指定重要無形民俗文化財のお祭り、丸太の上を綱で引っ張り、陸上で船を走らせるお祭り『御船祭《おふねまつり》』をイメージした作戦だ。

流石《さすが》に重い鉄甲船を丸太の上に載せて運ぶと丸太のダメージが避けられない。

その為、大量の車輪が付いた巨大な台車を用意し、それに載せ動物の力と人力を合わせて引っ張り太平洋から大西洋に船を移動させる。

カリブ海に着水してすぐ砲撃が出来るくらいの状態でないと、この作戦は失敗に終わる。

その為、その台車を任せられるのは左甚五郎しかいない。

俺の大切な船、艦隊、Champion of the sea HITACHI号達《たち》を運ぶ大作戦だ。

南アメリカ大陸を南下して大西洋に出ることは、逆をやっていないイスパニア帝国を見ればよほどの難所だと想像出来る。

なら、陸地を運ばせるほうが確実と思った。

そして、突如カリブ海に現れる俺の艦隊のインパクトは絶大なはずだ。

道はすでに完成間近、あとは台車だけだ。

左甚五郎は連れてきている大工衆に頑丈な台車を作る指示をする。

車輪の文化を持たないインカ人はそれに興味を持ち、一緒に学びながら仕事を始めた。

インカ・マヤ・アスティカが高度な文明を持ちながら車輪を使った台車などの文化が発展しなかったのが少々不思議だ。

車輪文化がないのに巨石文化がある矛盾。

未来を予言したとされるカレンダーは謎の車輪状。

歴史に隠れた大きな不思議。

いつか戦いが終わり隠居として余生を過ごすことになったら、この謎に挑みたい。

『ふしぎ発見！』と叫びたい。


左甚五郎は使う木の種類を確かめるのに丁度良いと、俺好みの萌美《もえ》少女の木彫りを作ってくれて、味気ないグアヤキル城を装飾してくれた。

お初に怒られないよう肌の露出は控えめで、インカの伝承などをモチーフにしながら神を美少女化する左甚五郎。

ピューマと合体した獣耳美少女萌木彫りなんて滅茶苦茶《めちゃくちゃ》可愛かった。

髪をピンクに塗ってみたら、ピューマがモチーフだったはずなのに、コヨーテ美少女の人気VTuberアイドルみたいになってしまった。

ピューマを神と崇《あが》めるインカ人に受け、売れてしまう。

家々の祭壇に飾られた。

こよちゃん、ごめんなさい……。

神と崇めるものを美少女化する事で、

「うぬぬぬぬぬ、甚五郎、学んだわね」

お初が全否定出来なく、歯ぎしりして悔しがる。

それを見たファナが恐がっていた。

しかし、左甚五郎よくわかっている。

長い付き合いになっただけはある。

いつも俺と一緒に怒られる左甚五郎はお初の取り扱いかたも熟知した。

何の彫刻なら怒られないか把握している。

伝説上の神々を美少女化、しかもちゃんと隠すとこを隠していると文句をどう付ければ良いか悩んでしまうお初。みるみるうちに萌美少女彫りが城、そして町を侵食した。

そんなお初との小さな戦いをしている中、インカ人の彫金師が左甚五郎の腕に興味を持つのは時間がかからなかった。

インカ人彫金師も俺にデザインを頼めないかと恐縮しながら聞いてきたので描きためてある下絵を選んで渡してみた。

大好きな異世界転移系ライトノベルのチッパイ四人衆と勝手に名付けているヒロイン達だ。

チッパイキャラを選んだのは特に意味はない。

左甚五郎の彫刻に注視するお初の目をかいくぐり、インカ人彫金師よる金のレリーフが作られ謁見の間に夜中のうちに取り付けられた。

取り付けられた夜が明け、城の見回りをするお初に見つかり、取り外されそうになるがファナが、

「ヒタチ様、なんなんですか？　これは？」

両掌《てのひら》を目の前で拝むように組んで目をギラギラ輝かせて見ている。

「萌だ」

「モエ？　これが伝説に伝わるモエですか？」

「それとは違う意味なんだけど、萌だ」

「可愛《かわい》いです。今までになかった作風、素晴らしいです」

「ねぇ～、ファナちゃん、マコが描く絵はみんな可愛いんだよ」

お江《ごう》が無音で部屋に入ってきた。

それにファナが同意の頷きをしている。

そして、横ではお初が頭を抱えながら俺を睨《にら》みつけ、尻を蹴ってきた。

「痛いっ」

外すに外せなくなったやるせない気持ちの蹴りなのだろう。

「このような作風、広めたいと思います」

ファナが言うので貯《た》めてある下絵を全部渡す。

インカの金細工の飾りが大きく変わりだしたのは、この日からだと言うのは言わなくてもわかるだろう。

なんか、未来の人、ごめんなさい。

「ああんもう！　気をつけていたのにインカの彫金師までもが真琴様の趣味に魅入ってしまうなんて」

「え～お初様ぁ～良いじゃないですかぁ～」

「うっさいわね、あんたは光源氏を美少女化したから同罪よ」

源氏物語など様々な物語を俺が茨城城に残してきた絵で漫画化してしまった弥美《やみ》をお初は一際恐《こわ》い顔して睨んでいた。

「恐いですよぉ～」

弥美は俺の腕に抱きつき助けを求めてきた。

ファナが所構わず俺にベタベタとくっつく弥美を見て羨ましそうにしていた。

◇　◆　◇　◆　◇

「うりゃ～」

ビュンビュンと凄《すご》い風を切る音がしたので庭に出ると、鉢金を額に締めたセーラー服姿の弥美が鎖鎌の分銅側を勢いよく回していた。

「はっ？　鎖鎌？　なに？」

「あぁ、マコは知らないんだっけ？　弥美ちゃんは鎖鎌の使い手なんだよ。茨城の城で私がさらに鍛えたの」

弥美の相手をしていたのが猿飛佐助《さるとびさすけ》、弥美が投げた分銅を難なく躱《かわ》すが、一足飛びで弥美が左手に持つ鎌ごと佐助に襲いかかる。佐助はバク転で後ろに逃げ距離を取った。

その一連の動きが二人とも一瞬だった。

弥美が佐助を相手に出来る？　凄い！　と、思った瞬間、佐助が手裏剣を投げた。

それを分銅側の鎖を使って払いのけた瞬間、隙を突いて弥美に近づき、首筋に短刀を当てていた。

「それまで」

お江が止めた。

「って大丈夫なのかよ今の？」

「ん？　二人とも刃引きしてあるの使ってるから大丈夫だよ？」

お江は平然と言った。

「まぁ～練習で重い怪我《けが》するのはなしで頼むよ」

「私が見ているから大丈夫だよ～」

お江がケラケラと笑う。

俺の前に膝を突いて頭を下げていた佐助が、

「お耳をよろしいですか？」

そう言うので、佐助の方に耳をやると、

「弥美の方様、間違いなく人を殺《あや》めている腕にございます。躊躇《ちゅうちょ》がございませんでした。お江様が鍛えただけあって表情も読み取れず、中々手強《てごわ》い腕にございます」

「うっ、うん、そうか。わかった」

「何話してるんですかぁ～」

汗を拭きながら歩み寄ってくる弥美、

「なんでもないから気にするな。それより風邪ひくからちゃんと着替えてね」

「お風呂、めんどくさいですぅ～」

「あんた、汗臭いわよ」

お初《はつ》に言われると渋々風呂場に向かった。

「お江、弥美が始末したのは何人だ？」

「ん？　子達を暗殺やらさらおうとした忍びをちょこっとだよ。うちの城広いから弥美ちゃんも警護にさせたの」

「そっ、そうか……」

お江の言うちょこっとの基準が曖昧だが、黒ギャルくノ一が誕生していた事が少し嬉《うれ》しくて笑ってしまった。

「あはははははっあはははははっ、まさかセーラー服の黒ギャルくノ一って、あははははっあはははははっ」

「大殿……」

佐助が少し呆《あき》れたように俺を見ていた。

◇◆◇◆◇

1598年6月6日

ファナ・ピルコワコが産気づいた。

医術全般を任せている小滝《こたき》を中心に俺の嫁達が出産の手助けをする。

俺はグアヤキル城に奉《まつ》った小さな神社の前でただ拝む。

インカの地の為《ため》、本当に小さな神社、社だ。

インカ帝国執政でありピラコチャと崇められてしまっている俺が持ち込んだ、日本の伝統宗教で影響が出ないように隠して奉っている社で願う。

「祓《はら》いたまへ清めたまへ守りたまへ……」

「マコ～産まれた産まれたよ～」

今まで何度お江が俺に子供の誕生を教えてくれたのだろうか？

いつもお江が教えてくれている気がする。

思い出しながら立ち上がる俺は、今日も慌てているのかすっころんで埃《ほこり》だらけになってしまい子供に会うのに一っ風呂浴びるはめになってしまう。

「名前どうしよう……お江、男か？　女か？」

「男の子だよ」

着替えを用意してくれているお江が言う。

次期皇帝の名にふさわしい名を考えなくては。

着替えてファナと赤ん坊が寝ている寝室に入ると、疲れたのだろう二人揃《そろ》ってスヤスヤと静かにベッドで寝ていた。

赤ん坊を見る俺に視線が集まる。

特にお初の視線は期待感が凄い。

「本来ならインカの神からあやかって付けるべきなのだろうが俺の子、黒坂《くろさか》の血を受け継ぐ我が子なので、名は日本の神からあやからせてもらう。須佐之男命《すさのおのみこと》のように強い男になってほしく『須佐《すさ》』と名付ける」

言うと二人の世話をしてくれていたお初が、

「ほんと、名前はまともな名を付けるわよね」

いつものように言って笑っていた。

「スサですか？　なんなんですか？」

目覚めたファナに名付けたことを告げる。

「須佐之男命、日本の神の名からあやかった。少々やんちゃな所もあるが、八岐大蛇《やまたのおろち》と言う怪物を倒す武神、そして農耕の神でもある。これからこの地をイスパニアなど侵略しようとする者から守り、そして作物が萌《も》え出る田畑で埋め尽くされる国作りが出来る皇帝として育って欲しく名付けた」

「良いですよ。ちゃんとした意味を持つ名、良いと思います」

「そうか？　気に入って貰《もら》えて良かった」

「なんなんですか？　ボクがヒタチ様の意見に反対したことありましたか？」

はにかみながら上目使いで言うファナが可愛く、つい頭をクシャクシャと撫《な》でてしまう。

もっしゃりした髪の毛を、

「も～なんなんですか？」

不満を訴えながら直した。

「さて、インカの跡取りも無事誕生したことだし俺はちょいとパナマに行ってくる。桜子《さくらこ》と小滝を補佐に残すから姉妹だと思って遠慮せず頼ってくれ」

「はい、ヒタチ様。御武運を」

「御主人様、任せて下さい」

「右大臣様の子はみんなの子でした。二人の健康は私に任せてくださいでした」

桜子をインカ帝国執政補佐に格上げしてパナマ地峡に再び戻った。

◇◆◇◆◇

1598年10月10日

『パナマ地峡御船祭《おふねまつり》 大作戦』と俺が名付けた作戦が決行された。

この作戦のヒントは、茨城県北茨城市大津町の御船祭。

確か5年に一度開催だから20××年5月の連休あたりが開催だったはず。

この時代に来ていなければ、萌香《もえか》と子供を連れて見に行っていただろう。

そんな事は確定していないか。

ちゃんと告白して付き合っていたわけではないし、ただ、そんな時間線の未来があったかもしれないと、ふと思いながら陸を走る船を見ている。

鉄甲船がパナマ地峡に敷かれた石畳の広い道路を左甚五郎《ひだりじんごろう》が率いる大工集団が作った台車に乗せられて太平洋側から陸揚げされ、進む。

インカ、アスティカ、マヤ人とうちの足軽達《たち》が力を合わせて台車につながる綱を引っ張り戦艦3隻・高速輸送連絡船3隻がじわりじわりと進む風景は、その後に続く友好国家への道を予感するものだった。

けして奴隷や強制ではなく、イスパニア帝国からの解放を後押ししてくれるという俺への協力の心で集まってくれた者は３０００人を超えていた。

老若男女問わず集まってしまったのが悩みどころではあったが、お年寄りには休憩ポイントで飯を作ってもらい、それを子供達に配らせる手伝いをしてもらった。

約70キロメートルの距離を船に傷が付かないよう慎重にじわりじわりと三日かけて台車はギシリギシリと音を立てながら進む。

ゴムの木の樹液が塗られた車輪が石畳をがっしりと摑《つか》んで進む。

大きな問題もなく進んだ。

左甚五郎、呼び寄せて本当に良かった。

ラスト５キロは深夜に運び入れるように停止した。

星空を眺めていると、

「御大将、この様な戦術思いもしませんでした」

「幸村《ゆきむら》ですら思いもよらないと言うなら、敵も想像していないだろうな」

「それは御大将は違う私の事を言っているのでしょうね。きっと軍略に優れた私を」

「まぁ～そうだね」

史実で徳川《とくがわ》軍を悩ませた真田《さなだ》の戦いだ。

神出鬼没、少ない兵で城・砦《とりで》を巧みに使い、徳川の大軍と互角に戦った真田幸村。

ここにいる真田幸村とは別人だな。

しばらく沈黙が続くと、猿飛佐助が現れ、

「大殿、我が家臣を海に走らせ様子を見させた所、敵の影はないと、今が好機かと」

「ならば行くか」

「はっ」


カリブ海の制海権はまだイスパニア帝国にある。

慎重に事を進める。

海に下ろすまではこちらは砲撃ができないからだ。

緊張の時間が流れ始める。

「御大将、今なら波も穏やか、月も雲に隠れ見えないかと」

「よし、一気にカリブ海へ」

「はっ」

1598年10月14日深夜2時
Champion of the sea HITACHI号が、静かに大西洋カリブ海の潮に浸《つ》かり浮いた。
すぐに船底の確認をさせるが水漏れなし。

うちの大工集団が作った台車は完璧だった。

そのおかげで一切傷がない。

そして、Champion of the sea KASHIMA号、真田丸と続く。

さらに、高速輸送連絡船3隻も着水した。

作戦は大成功。

お初、お江《ごう》、真壁氏幹《まかべうじもと》はこの奇策の成功にただただ驚きながら喜んだ。

綱を一生懸命引いてくれた人達も、船が次々に浮くと、自分たちまで海に飛び込み喜んでくれた。

きっとこれからの戦いがこちらに有利になると感じ取ったのだろう。

その期待に応えないとと重圧が背に乗る。

「この人達の為にも負けられないわよ」

「そうだな」

南北アメリカ大陸の命運がかかった戦いが始まる。

その心配を打ち消すかのように、艦隊をカリブ海が歓迎しているかのように、朝日が照らした。

この作戦が後の世に『黒坂常陸《ひたち》の御船祭大作戦』と言われるようになるのは俺は知らない。

◇　◆　◇　◆　◇

カリブ海に浮かぶ6隻の船。

Champion of the sea HITACHI号
Champion of the sea KASHIMA号
旧型南蛮型鉄甲船・真田丸
高速輸送連絡船3隻は大砲を4門しか積んでいないが、敵より射程距離が長く素早い動きが可能なので奇襲砲撃を想定して戦力に組み入れる。

幸いなことに気が付かれず、陸送という大作戦は成功、様子を窺《うかが》うのにカリブ海を東に向かって進んでみた。

最初の砲撃目標は南アメリカ大陸東の要所、バランキージャ港だ。

ここは、イスパニア帝国が南アメリカ大陸へ上陸する玄関港の一つだ。

そこに奇襲をかける。

「敵の旗が見える港があります」

マストの上から兵が港を確認したため、俺も望遠鏡を使って見る。

港は石造りの城塞化へ急ピッチで行われている工事の最中。

おそらく、マダガスカル島からいつ大西洋に攻めてくるかわからない前田《まえだ》利家《としいえ》軍が控えているからだろう。

そんなバランキージャ港に、もちろんいつものごとく海上から艦砲射撃をする。

「お初《はつ》、不動明王の旗を」

「わかったわ」

他の船に砲撃準備を知らせる旗を掲げる。

すぐに準備は整う。

「砲撃始め」

軍配を振り下ろすと法螺貝《ほらがい》が吹かれそれと同時にアームストロング砲が一斉に火を噴いた。

慣れた戦術艦砲射撃、的を外すことなく次々とまだ建設途中の城壁に着弾、真田丸から撃たれた弾は港に停泊していた船に命中した。積んでいた火薬に火が付いたのか、大爆発を起こし多数の船が巻き添えとなり火災が広がる。

突如現れた艦隊からの砲撃に敵はなすすべもなく燃え上がり沈んでいった。

「大殿、小舟を使わせていただければ忍びを率いて占領してきますが」

「佐助《さすけ》、今回は砲撃だけとする。上陸戦はもう少し数が揃ってからだ」

「御意」

流石《さすが》に乗組員数から考え上陸作戦は決行しない。

圧倒的火力があっても敵の港と言うのはそれなりに作られている防衛施設があり、こちら側にも被害が出るであろう事を想定したからだ。

謎の艦隊が敵国の港を突如艦砲射撃をする。

そのインパクトを与えることだけで今回はよしとしよう。

パナマ地峡のカリブ海側に作られているコロン港に戻ることにした。

この艦砲射撃でカリブ海の制海権すらもうイスパニア帝国にはないのだというのを知らしめる効果はあったはずだ。

鉄甲船にアームストロング砲を積む日本の艦隊は最強なのだ。

1598年12月31日

俺は急ピッチで整備しているコロン港城で大晦日《おおみそか》を迎えそのまま年越しをした。

コロン港も有り難いことに道を整備したインカ・マヤ・アスティカの人々が協力してくれて石造りの桟橋、そして最低限の防衛施設として砲台が積み上がる。

物見櫓《ものみやぐら》はうちの大工集団がすぐに建てた。

パナマに造られた住宅用パネル工房からパネルも次々届き、ドーム型住居が並んだ。

そこを取り囲むように、石積城壁を建設中だ。

半年もすれば堅牢《けんろう》な海城になるはず。

１５９９年１月１日

コロン港からカリブ海に上る初日の出に手を合わせる。

元旦の恒例にお初、お江、ラララ、弥美《やみ》も手を合わせている。

ファナはグアヤキル城で育児に励み桜子《さくらこ》と小滝《こたき》が補佐してくれている。

まだまだ、安定していないインカ帝国にファナと須佐《すさ》を残すのには不安があったので仕方がない。

インカ帝国の地上戦は伊達政宗《だてまさむね》に一任し、俺は新たな戦場となるカリブ海の初日の出に向かって戦勝を祈願。


カリブ海緒戦バランキージャ港奇襲砲撃を行ったあと、カリブ海の波に慣れるために何度か港を出ているが、敵船に出くわさないという静けさが不気味だった。

必ずコロン港を攻めて来ると予想していたのだが、その気配が感じられない静かなカリブ海の真っ青に引かれる白い波。

朝焼けに照らされる俺の艦隊はその御来光に浄《きよ》められているかのように黒鉄が光っている。

兵士たちも交代で三が日は休みにしながら、真田幸村と真壁氏幹と次の攻略予定地をうろ覚えのカリブ海、島々の配置を描いて示す。

流石にカリブ海をはっきりと覚えているほどではなく、キューバとドミニカがどっちがどっちだかわからないが、名前はさほど重要ではなく、カリブ海から大西洋に面している島を取ることを優先させたい。

カリブ海の制海権を抑えるべく準備を整える。

若干心許《こころもと》ない戦艦数に不安はあるが、森蘭丸《もりらんまる》は北アメリカ大陸地上戦に突入してしまったため、これ以上の戦艦陸送は出来ない。

むしろ森蘭丸が北アメリカ大陸で、伊達政宗が南アメリカ大陸で大暴れしていてくれるほうがこちらに目を向けられる余裕を作らせず都合が良い。

この好都合を利用して制海権を手に入れたいのだが、戦力の頼みの綱は、日本に送った高速輸送連絡船が応援を連れてきてくれる事。だが静かすぎるカリブ海に心がざわつく。

敵国が軍備を整えているのではと。

「御大将、敵の準備が整う前に先手を打ちましょう」

提案する真壁氏幹に真田幸村は、

「相手を挑発してはコロン港に戻りアームストロング砲で砲撃を」

なんとも真田幸村らしい作戦を提案してきた。

「その挑発する相手も見えないという少し不気味な静けさが気になる。だが、ずっと待っているわけにはいかないだろう。連絡船を大西洋に出し前田利家隊と連絡を取るのに海路を確保するか。ここあたりの島を攻め込んで取ろう」

「御大将がそう言うなら」

パナマから近いカリブ海の島々を取ろうと提案すると幸村達《たち》はそれ以上何も言わなかった。

1599年1月8日

「コロン港守護代にお江を任命する」

「マコに付いて行きたいけど、まっしょうがないか、姉上様、マコのこと頼んだよ」

「あなたに言われなくたって私がこの身を盾にしてでも守るわよ」

お江とお初が頬をぷっくりと膨らませてだったが激励していた。

姉妹とはそんなものだろう。

ちょっと仲悪そうに見せながら心の中では心配し合っている二人、そしてお互いの役目を全うしようね！って目で言っている。

姉妹……、

「そうそう、姉妹で思い出した。連絡船一隻を東住麻帆《とうずみまほ》に任せる。俊敏な動きで鉄甲船の補佐を頼む。そうだなぁ……常陸の山から名を取り『連絡船・神峰《かみね》』と名を付けよう」

「えぇぇぇぇ、女子《おなご》の私が船長？　そんなよろしいので？」

「なにを今更言っているんだ？　女子とて御大将の下で船乗りとして技術を真面目に習得

し、紅常陸隊《くれないひたちたい》を一部隊としてしっかり指揮をしていた。儂《わし》もその働きには感服している。女子だからと馬鹿にする者はこの棒で打ち据えてくれよう」

船長の任命に驚く東住麻帆だったが、真壁氏幹が叱咤激励《しったげきれい》の言葉を贈る。

「お姉ちゃん、良かったね」

東住美帆《みほ》がまだ不安そうな姉に尊敬の眼差《まなざ》しで言った。

少し場が静かになったが、兵達の拍手が鳴り始め、その音は、この場にいる黒坂家《くろさか》の兵全てが叩《たた》き大きな拍手となった。

それは東住麻帆を船長の器として承認する合図となった。

「ほら、これが黒坂家よ。麻帆返事は？」

お初が返事を促すと、麻帆は深々と頭を下げて、

「ありがたき幸せにございます」

「美帆は俺の船の大切な旗信号係だからそのまま残ってもらうが、麻帆が欲しい紅常陸隊の何名か連れて乗船すると良い」

「はい、お気遣いありがとうございます」

紅常陸隊から三人を選んで連絡船・神峰に乗船した。

そして明るい雰囲気の中、出撃した。

「目的は大西洋への海路構築、いざ出陣！」

コロン港を出てしばらくすると不思議な影が船のマストの一番上に。

大西洋に居るはずもない日本・アジア圏で生息している嘴太鴉《はしぶとがらす》が「カーカーカー」と鳴いている。

目をこすり見直すと足が三本のように見えた。

さらに目をこするとその嘴太鴉の影は見間違いかのように消えていた。

「お初、今、マストに鴉が見えたのだが」

「ん？　海鳥の見間違いでは？　疲れているのよ。少し休んだ方が良いわよ」

「ん～そんなに疲れは感じていないんだけどなぁ……」

それが神からの忠告だったのを知るのは俺が窮地に陥ってからだった。

◇　◆　◇　◆　◇

『なぜ気が付かないのよ馬鹿、とっに、次は白ギツネを出すか』

『儂が嵐を起こしてやろうか？』

『これ以上、手を貸すことは許さん』

『日の本の神か？』

『武甕槌《たけみかづちの》大神《おおかみ》……なんでよ』

『あやつには自力で乗り越えさせないとならん。これは試練だ』

『そう、今まで神力だけは貸していたのに姿を現さなかったあなた、そう言うことだったのね。あなたがそう言うなら……』

『儂はあやつに勝たせ、この大地を元の姿に戻したい』

『見守れ、そして信じろ。異国の神の名を使い悪魔に呪われし者どもを本来の姿に戻すには、このくらいの事は自分でどうにかしないと』

『本当、デウスさんの名を借りて好き放題して、神は本来寛大なのに異教徒狩りなんてして……』

『神は子達の平和で豊かな生活をただただ望んでおるのに……』

『静かに見守るのだ』

『はいはい、わかりました。今日は手を貸しませんわよ。はぁ～茶々《ちゃちゃ》ちゃんに嫌われて、いなり寿司《ずし》、止まったら困るなぁ～……』

『日の本の神が子を見守るというなら何もせぬ』

◇◆◇◆◇

「御大将、敵船に囲まれました。御逃《おに》げください。殿《しんがり》を私と真壁《まかべ》殿が盾となって」

隣の船で大声を出し叫んだ真田幸村《さなだゆきむら》。

ドミニカのイスパニア帝国の施設である港をいつものごとく、当然のごとく、当たり前のごとく、艦砲射撃で砲撃を繰り返しいざ上陸するとなった段階で、無数の敵船団に囲まれた。

およそ５００からなる大小様々なガレオン船や小舟、旗はイスパニア帝国だけでなく他の国と思われるのも見えていた。

しばらく続いたカリブ海の静けさはメキシコ湾、もしくはキューバになりを潜め俺の艦隊が動くのを待ち受けていたからだった。

「盾になるだと、そんな事は許さん。アームストロング砲で狙いをよく定め撃って、相手がひるんでいる隙に転回して逃げるぞ」

「駄目です。これだけの船では弾が間に合いません。どうか御大将だけでも」

真壁氏幹《うじもと》も大声で叫んでいた。

東住美帆が手旗をやらなくても伝わるほど大きな声。

ドミニカの港に艦砲射撃をしてしまったあとだ、弾はどのくらい残っているのだろう。

こちらの射程距離の長さの有利を相手は数で補ってきた。

「くっ、くそ、やらかしてしまった。勝ち続け勝ちに慣れてしまった。もっと船をこちらに送ってから動くべきだった」

「後悔より、今をどう生き残るか考えなさい。真琴《まこと》様は大将なんだからあなたが生き残れば勝ちなのよ！　いい？　兵達より先に出て守って死のうなんて考えたら許さないんだから」

お初《はつ》が俺の両肩をがっしりと掴《つか》み体全体を揺さぶり言ってきた。

今回もいつものように艦砲射撃で制圧し上陸する戦術、何度も繰り返した慣れから来た失策、後方から敵船が来ることを想定していなかった。

敵船はもうないと油断していた。

「くそっ、兎《と》に角《かく》撃ちながら逃げる。皆引け引け」

合図を送るが、敵船団に風が味方して追い付かれそうになる。

数は劣勢、こちらの弾が尽きれば間違いなく負ける。

誘爆を起こさないように離れながら突っ込んでくるその敵船団の弾が届き出し味方の船の近くで水柱が上がった。

すると標的にあえてなろうとしたのか、一隻の高速輸送連絡船が敵に向かって突っ込んで行く。

その船は高速輸送連絡船・神峰だった。

高速輸送連絡船は木造船、しかもアームストロング砲も4門しかない。

積載量も少なく弾が尽きるのはすぐだ。

「やめろ、やめろ、やめろ、お初やめさせろ」

「堪《こら》えなさい。これが戦、あれが家臣の役目。大将を生かすために己の命を捧《ささ》げる。これが戦国なのよ」

「うっうぅぅ、くそっくそっくそっ、やめろーーーーー麻帆、やめろーーーーーー」

「お姉ちゃん、大殿の事は私に任せて」

俺は叫ぶが聞こえているのかいないのか、高速輸送連絡船・神峰を任せた東住麻帆は俺に大きく手を振り、敵船団に突っ込んでいく。

アームストロング砲を撃ちながら突っ込む。

「やめろー」

最早《もはや》届かぬ俺の叫び。

アームストロング砲を撃ち尽くした高速輸送連絡船・神峰は敵船団に囲まれ大砲の的になって燃え上がった。

最後の悪あがき？　俺たちの逃げる時間を作るためか残っていた火薬に火を付けたのか大きな爆発をし、敵船数隻を巻き込みながら沈んでいった。

「ぬぉぉぉぉぉぉぉぉぉぉぉ」

「佐助《さすけ》、才蔵《さいぞう》、真琴様を船室に。力尽くでも連れて行って」

「「はっ」」

俺は佐助と才蔵に無理矢理運ばれた。

お初の大きな声が船に響く。

「真琴様は今、神の御力《おちから》を借りるために船室で祝詞を唱えています。船の指揮はこの初が執ります。神峰の爆発で敵の速力が落ちているようです。この隙にコロン港へ戻りますよ。美帆、真田幸村、真壁氏幹にその指示を手旗で」

「はい」

固まる俺の代わりにお初が指揮を執る。

俺は二人に無理矢理艦橋の最上階に連れて行かれるが戸を開け様子を見る。

俺の船の両脇、左に真壁氏幹、右に真田幸村、前方に高速輸送連絡船弐号船、後ろに参号船。

完全に俺を守る陣形。

「いや、死ぬなら俺だ。幸村、真壁後ろに回れ俺が突撃する」

身を乗り出して叫ぶと、

「佐助、真琴様を」

「はっ、大殿、御免」

佐助に完全に縛られてしまった。

「やめろ、やめろ、やめろ、佐助、やめろーー」

口も縛られる。

「皆の者、真琴様の盾となりなさい」

お初が叫ぶと、うちの家臣たちは全員右手を挙げ、

「おーーー！」

敵の大砲に負けない音量の返事が。

俺はただひたすら艦橋に縛られながら、その光景に涙を流した。

くそっ、ここで家臣達《たち》を失うのか俺は……俺のせいで、これが負け側なのか。

負けというのはこんなに辛《つら》いのか。

自分が初めて負け側になって味わう感覚は全身の毛が逆立つ寒気に似たものだった。

残った船だけでも助けてくれ、風よ吹いてくれ、風よ、俺に味方してくれ、フラカンよ嵐を起こしてくれ、心の中で叫んだ。


「あっ！　あっ！　あれはなんだ」

マストに登っている物見の兵士が水平線のかなたを指差した。

第四章　織田信長、出陣！

《織田《おだ》信長《のぶなが》》

　南アメリカ大陸から帰国し、世界各地で戦う我が軍の戦勝を祈願するべく儂《わし》は熱田神宮に参拝した。

　その夜、久しぶりに清洲《きよす》城に泊まると不思議な夢を見た。

『信長よ、起きよ、信長』

「誰だ！」

『そう慌てるな、私の名などどうでも良かろう。それより、我が子、宇迦之御霊神《うかのみたまのかみ》が気に入っておる黒坂《くろさか》真琴なる者に命の危機が迫っておる。助けよ』

「宇迦之御霊神？　その親……もしやあなたは！」

『儂の名などどうでも良い。良いな、黒坂真琴を助けよ。武甕槌大神《たけみかづちのおおかみ》は試練のつもりらしいがな』

「はっ、お約束いたします……」

雲の上の様なふわふわとした世界から一気に振り落とされたかのごとくの感覚で儂は目が覚めた。

今のは熱田神宮の神、素戔嗚尊《スサノオノミコト》だったのではなかろうか？

確かめるすべは持たぬ。

多くの人を殺《あや》めてきた儂に今更神が御神託を下さるのか？　だが、確かに嫌な予感がする。

常陸《ひたち》、少し勝ちに慣れすぎている。

むしろ勝ちしか知らぬ。

負けがどれほど辛いかを知らぬ。

勝ち続け過ぎたのだ。

そういう時は必ず失敗をする。

常陸が考える事を先回りして考えなくては。

常陸が描いた地図を見て考える。

南アメリカ大陸と北アメリカ大陸の間にパナマ運河と書かれている、書かれているが、
ここは陸地だったはず。

常陸と左甚五郎《ひだりじんごろう》とインカの石工職人か……。

運河を造るには時間がかかる。

なら、考えられるのは陸地か？

陸地をなんらかの方法を使い船を運ぶ？　あの巨船を運べるのか？　解体して運んで組み直す？　いや、常陸ならなにか未来の知識を使い、船を一気に運ぶ事もあり得る。

鉄甲船・鉄砲・大砲、これらが優れているだけ、敵が大軍となり攻め続けてきたら……。

常陸は太平洋を制した。

さすれば次なる目標は絶対に大西洋のはず。

大西洋を目指している前田利家《まえだとしいえ》・蒲生氏郷《がもううじさと》から良い返事はまだない。

このままでは常陸が単騎で敵が有利な海に出てしまう。

敵の砲口が常陸に向けられる。

「九鬼嘉隆《くきよしたか》を呼べ、すぐに出陣だ、坊丸《ぼうまる》、すぐに出陣の陣ぶれを出せ、儂自ら出陣する」

「はっ、敵は？」

「敵は南蛮、しかし、常陸の援軍として出陣する」

「常陸様を助ける？　はっ、すぐに陣ぶれを」

「あっ、待て。その前に上杉景勝《うえすぎかげかつ》にオスマントルコとの不可侵の同盟の使者を命じる。切れ者と噂《うわさ》の直江《なおえ》兼続《かねつぐ》と共に向かえば取り込まれる失態もあるまい。この無骨で無表情の景勝にトルコの王もどう接するか悩むであろうよ。また、上野《こうずけ》の隠居、真田《さなだ》昌幸《まさゆき》に命じよ、唐の国が一つにまとまりかけている。佐々《さっさ》成政《なりまさ》と共に策を以《もっ》て唐の戦国が続くように謀略を張り巡らせとな」

「はっ、すぐに使いを出します」

オスマントルコは友好の同盟を申し出てきた。

なら、先《ま》ずは不可侵の同盟を結ぶ。

これは常陸も言っていたから良いだろう。

そして、唐国、唐国の内情は全て儂が送った密偵、沢庵《たくあん》から知らされている。

佐々成政が盟約を結んだが、相手が戦の最中で日本を敵に回したくないとして結ばれた盟約、一つにまとまり始めた国、一段落すれば刃は向けられかねない。

なら一つにまとまらせない。

真田昌幸に流言飛語・扇動、謀略で混乱を続けさせる。

日本に刃を向ける余裕は作らせない。

儂は自ら出陣し、このアフリカ大陸の喜望峰とやらを落とす。

前田利家・蒲生氏郷が手こずっているなら儂の艦隊が応戦してその戦いを終わらせる。

多少の無理はしても喜望峰は落とさねば先には、進めぬ。

常陸が動き出すのは間違いなく、1599年正月開け。

あやつは、神仏を大切にしているから正月は動かぬはず。

それまでに常陸のいる大陸の反対側を目指す。

常陸の戦艦が陸送されれば間違いなく、相手は質より量で勝負を挑むはず。

常陸は勝ち続け油断している。

そこを突かれる。

今、常陸を失うわけにはいかん。

未来の日本を変えるなら常陸には生きてもらわねばならぬのじゃ。

未来永劫《みらいえいごう》続く日本国、いや、常陸が言った神の名を借りた戦いがない世を造るには必要な男なのだ。

国を留守にする前に、安土城《あづちじょう》に住む信忠《のぶただ》を大阪城に呼び出す。

「儂は南蛮と大戦《おおいくさ》をしてくる」

「はっ、父上様」

「日の本の国のことはそなたと、三河《みかわ》に任せるが、未来の知識をよく学んでいるであろう茶々《ちゃちゃ》の言葉は大切にせい」

「わかっておりますとも父上様、黒坂家は常陸殿だけでなく、皆がよく学んで軍師と呼べる知識を持った者達でございます。この信忠、敵にするような失策は行いません。あの藩とは到底戦えるものではございません」

「心得ておるなら良い。信忠、兎《と》にも角《かく》にも国を豊かにすることに励め、良いな」

「はっ」

「では儂は向かうぞ。いざ、アフリカ喜望峰へ！　出陣」

◇　◆　◇　◆　◇

「上様、猿もお供させてくださいだみゃ」

福岡城に造船所を整備し、唐の国から買い取った資材で船を造り続け、戦備を整えていた羽柴秀吉《はしばひでよし》、

「うむ、常陸に言われたとおり船を造り続け、船団を整えたか？　あっぱれである」

「お褒めの言葉ありがたき幸せだみゃ」

「兎に角先を急ぐ進軍ぞ、付いてこられるか猿？」

「な～に、この猿だってただここで船だけ造っていたわけじゃないだみゃよ。常陸様が難所だって地図に描いてたマラッカ海峡には黒田《くろだ》親子を送ってクアラルンプールに城を築かせていただみゃですよ」

確かに日本からインド洋に向かう最短海路を描いた地図にマラッカ海峡は海の難所と書かれており、常陸がここの島々の者とは上手《うま》くやらないと後々大変だと語っていたことがある。

「猿、そこを力攻めしたか？」

「黒田官兵衛《かんべえ》が交渉して買い取った地だみゃ。争い取ったらならぬ地、上様の命は守っただみゃよ。いつか上様が通るだろうと先回りしていただ」

「ふっ、小賢《こざか》しい猿め、ぬはははははははっ」

「この猿、異国に名を轟《とどろ》かせて異国の側女《そばめ》いっぱい作るだみゃよ」

「ぬははははははっ、まだ盛っているのか猿」

「そりゃ〜黒坂家秘伝の薬は凄《すご》いだみゃ。夜が楽しくて楽しくて、上様も使ってみるだみゃか？」

「儂はそんな物使わなくたって良い。猿、遅れたら置いていくぞ」

「わかってるだみゃ」

常陸秘伝の薬を飲み続けている猿が生き生きとして目を輝かせている。

なんだかんだと言って常陸の力になりたいのであろう。

連れて行ってやる、猿、南蛮へ。

◇　◆　◇　◆　◇

「黄色い旗を靡《なび》かせている船がこっちに来る！　しかも、大きい」

敵国もうちの技術に追い付き巨大戦艦を造ったわけか。

最早《もはや》この海戦は俺の完全な負けだな。

悔しい、いや自分が恥ずかしい。

取り返しのつかないことをしてしまった。どうにか兵たちを助けられないか。

兵たちの命を……。

俺は涙を流しながら頭の中ではひたすらそれだけを考えていた。

俺の首を差し出せば降伏も許されるか？　などと考えている。

それを言いたいが口も縛られているため言えない。

こういう事も言わさないためにか？　どうにかして、口に噛《か》まされている布を取ろうともがいていると、

「あっ！　あっ！　あっ！　あの船、馬印は上様の馬印、南蛮兜《かぶと》です。見えます見えます！　織田木瓜《もっこう》の旗に前田様の梅鉢の家紋が！　あっ！　柳生宗矩《やぎゅうむねのり》様の家紋に蒲生氏郷様の家紋、それに羽柴秀吉様の千成瓢簞《せんなりびょうたん》まで見えます。間違いなく、味方、味方です。およそ40隻見えます」

敵の後ろに織田信長専用南蛮型鉄甲船KING・of・ZIPANGⅢ号を先頭にした見慣れた黒光りする南蛮型鉄甲船戦艦がどんどんと近付いて来るのが見えた。

なぜにここに？　不思議に思いながらも安堵《あんど》と、もう少し早ければとの複雑な感情が入り乱れる。

織田信長専用南蛮型鉄甲船KING・of・ZIPANGⅢ号は正面にもアームストロング砲を8門搭載しており撃ちながら前進して来る。

するとその砲弾が敵船に当たり燃えたり爆発したり、沈み始める船が出てくる。

狙われないよう散っていた敵船団はさらに間隔を広めると、その合間に突っ込んでアームストロング砲を撃つ蒲生氏郷達《たち》の船により一気に形勢は逆転した。

次々に沈む敵船、慌てた敵は蜘蛛《くも》の子を散らすように、てんでんばらばらにカリブ海の

水平線に消えていった。

「助かった……」

一気に緊張の糸が切れ、その場にへたり込んだ。

◇◆◇◆◇

織田信長《おだのぶなが》の艦隊に囲まれながらコロン港城に船は向かった。

船の中で悲しみと悔しさと自分の不甲斐《ふがい》なさに涙を流していると、お初《はつ》は黙って抱きしめ頭を撫《な》でてくれて言う。

「真琴《まこと》様は今まで良くやってきたわよ。死んだ家臣たちも真琴様の理想国家を作るためならと盾になったのよ。麻帆《まほ》だってそう。低い身分出身、女子だと言うのに一隻を任されるくらいにまでなり、それが黒坂《くろさか》家では当たり前の事として受け入れられた。それを続けさせるために東住《とうずみ》麻帆は自らを盾にしたのよ。女子と馬鹿にされない判断よ。その気持ちわかりなさいよ」

その慰めの言葉は俺の耳を左から右へと通過していく。

「私達『嫁』とは違った愛の形。麻帆も真琴様を愛していたそうよ。美帆《みほ》が言っていたわ。

家臣として、そして女としての愛、私には痛いほどそれがわかるわよ。その愛を無駄にしないためにも生きなさい」

言葉は耳には入ってきても脳を、心をそのまま刻まれることなく通過した。

今の俺はただただ自分が許せない。

自分を痛めつけようとする行動もお初に強く抱きしめられできないでいた。

次の日には、船からコロン港城に入城した。

お江《ごう》は空気を読んでいて何も言ってこなく、無邪気を装いながら抱き付いてくるいつもの首締めもなかった。

それはそれで俺には心が痛く、自室に走り込み膝を抱え部屋の隅でうずくまり泣く。

部屋の外には誰かしらはいる気配がした。

恐らく切腹でもしないか気にしているのだろうが、俺はそこまで武士になりきれていないし刀も取り上げられている。

灯《あか》りも点《つ》けずに暗くなる室内。

「おにぎりをここに置いておきます。良いですか、必ず朝までには食べてください。食べなかったら蹴っ飛ばします」

お初が出て行く。

部屋には握りたてのおむすびのご飯の匂いと、味噌汁《みそしる》の匂い、そして添えられたぬか漬けの匂いが立ち込めた。

その匂いが鼻に入り、グーと、おなかは鳴る。

生理現象が悔しい。

こんな時にでも腹は鳴る、腹は減る。

だが、食べたいという気持ちにはなれなく手が出ない。

こんな不甲斐ない俺は生き残り家臣達は死んだ。

高速輸送連絡船・神峰《かみね》に乗っていた兵達の顔を思い出す。

東住麻帆と紅《くれない》常陸隊《ひたちたい》の他、前田慶次《まえだけいじ》、真田幸村《さなだゆきむら》、柳生宗矩の家臣だった中から選《よ》りすぐられた兵達が乗っており長い付き合いだった。

一人一人名前と顔を思い出しながらまた涙を流す。

◇◆◇◆◇

「姉上様、マコの事は心配しないで、私が見守っているから姉上様は休んで、酷《ひど》い顔。今にも倒れそう」

「私も少し眠れなくて……紅常陸隊の者を亡くすのは初めてで辛《つら》い」

「それでも休まないと。マコを支え続けていくんでしょ？」

「お江、あなたのそう言う冷静に判断する裏の顔、私本当に嫌いよ」

「私はマコの事、何があろうと支えていくと決めてるから」

「私だってそうよ！」

「だったらこれ飲んで少しでも休んで。小糸《こいと》ちゃんが作った薬、朝にはちゃんと目覚められる分量だから大丈夫」

「いらないわよ！　私だって真琴様を支えるんだから今寝てなんていられないわ」

「支えるからこそ寝ないと駄目」

「もらっておくけど今日は飲まないわ。部屋で横になっているからなにかあったら呼びなさい」

「うん、任せておいて」

◇◆◇◆◇

気が付けば朝日が窓から俺を『お前は戦犯だ』と、責めるかのように差してくる。

「眩《まぶ》しい……」

その日差しを背にしながら部屋に入ってきたお初は、

「食べなかったのね、えいっ」

俺の抱える太ももに蹴りをしてきたが、蹴りをするお初は泣いていた。

「朝が怖かったのよ。静かな夜更けに首でも吊《つ》るんじゃないか？って何度も何度も思ったけど、確認出来なかった自分が嫌い。お江が天井で見張っているのは知っていたけど、それでも私は不安だった。みんなきっと同じ気持ちよ。うちの兵はみんな家族なんだから。真琴様を父とした家族なんですからね。しばらく悲しんだって良い、籠もっていたって良い、でも絶対に生きなさい。これを私が真琴様に命じるのは、姉上様から必ず生きて連れ帰るように言われているから。良いですか、これは朝ご飯、昼までには必ず食べてくださいね。でなかったらまた、蹴ります。今度は本気の痛い蹴りです。良いですね」

ボロボロに涙を流しながらそう言って出て行く。

不器用だけど俺を愛してくれるお初は、あそこまで泣けるのか、俺が死んだらもっと泣くんだろうな。

そう思うと辛くなり、お初が運んできて涙を垂らしたおにぎりを口に運んだ。

くそっなんだよ、なんなんだよ、美味《うま》いじゃねえかよ。

しばらくして部屋に入ってきたお初は、運んできた飯をちゃんと食べたのを確認すると、何も言わず静かに見守っていてくれた。

◇◆◇◆◇

「姉上様、小滝《こたき》ちゃんをインカから呼び寄せた方が良いのでは？　マコを強制的に眠らせる事は私が持っている薬で出来るけど、心の病を診て貰《もら》うのは小滝ちゃんじゃないと」

お江に薬師である小滝を呼び寄せるか提案されるが私はそれに首を振り、

「真琴様は大将、戦となれば負けることもある。私達は幼き頃、それを味わっています。でも乗り越えた」

「母上様が守ってくれたから乗り越えられたのでは？　マコには母上様はいないよ？　このままだと気鬱の病になっちゃうよ」

「お江、勘違いしていますよ。守ってくれたのは真琴様、私達は敗軍の将の娘、そして織田信長の姪《めい》、どんなふうに利用されても文句は言えなかった。でも真琴様が姉上様だけでなく私達を家族として迎えてくれた。そのおかげでバラバラにならないで済んだ。私達家族を守ってくれたのは真琴様」

「だから今度は私達がマコを守るんでしょ？　だったら病にならないようにしないと」

「真琴様には敗軍の将と言う今の立場を乗り越えてもらわないとなりません。そうでなければ世界を纏《まと》められる男にはなれません」

「姉上様……」

　納得出来ない顔を見せたお江が、もう一度小滝をと口が開きかけたとき、戸がいきなり開き、

「よく言った。それでこそ我が姪である」

「伯父上様……」

◇　◆　◇　◆　◇

引きこもり生活一週間が過ぎた。

駄目だとはわかっているがどうにも体が動かず、闇が心を支配しているようだった。

食事は代わる代わるお初達が運んできては、部屋の外で交代で俺を監視していた。

お初に蹴られたくないから食べると自分に言い聞かせる。

でないと、食欲がある自分がなんか情けなかった。

お初は俺に食べる理由をあたえてくれている気がする。

暴力的な厳しい母親、お初はそれを演じている。

俺に恨まれようと嫌われようと、お初にとって俺を生かす、守る、それが一番、お初の俺への愛。

そんな事はわかっている。

だからお初の為《ため》にも生きないと……生きないと、前に進まないと、でも踏み出せなかった。

踏み出す勇気をどこかに捨ててしまったのか。

うじうじとしてしまう中、ドンドンドンといつもと違う勢いと恐れを感じる足音が聞こえた。

「伯父上様、待ってください」

部屋の外から声が聞こえた。

「ええい、邪魔だ、どけ、入るぞ常陸。ぶはぁっなんだこの部屋の臭いは、風呂にも入っておらぬのか！」

「待ってください。真琴様はこの一週間風呂にも入らずただただ飯を食べ自問自答の日々を過ごしていました。身仕度をさせますからしばらくお待ちください」

お初が必死になって止めている。

「なら、船で待つ、必ず連れてこい」

織田信長の足音は遠ざかっていった。

「聞いていましたよね？　湯を浴びその髭《ひげ》を剃《そ》り服を着替えてください」

「会わなければなにも進めないか。会うか」

織田信長に会い厳しく怒られた方が気が楽だな。

いっその事隠居でも言い渡してくれれば、死んでいった家臣達《たち》の菩提《ぼだい》を弔うことに専念できる。

そう考えながら風呂に入る。

お初とお江がワシワシと頭を後ろから洗い、この一週間の垢《あか》を落とすかのごとくヘチマで体を擦《こす》られ洗われた。

無言で洗われる俺に沈黙の時間は果てしなく感じた。

全身の皮が剥がされていくのではないかなどと考えてしまうほど、実際には15分程度洗われただけなのに。

最後にお初《はつ》が、綺麗《きれい》に髭を剃ってくれ、

「真琴《まこと》様が思っているような沙汰は出ないと思いますよ」

そう言って最後に俺の金玉をギュッと握り、

「いたっ、何するんだよ」

「その声が出せる元気があるなら大丈夫ね！　さあ、お行きなさい」

◇◆◇◆◇

重い体を引きずるようにしながら織田信長《おだのぶなが》の待つKING・of・ZIPANGⅢ号に乗船し、艦橋の一室に向かった。

「大将の自覚が足りんな」

そう織田信長は海を眺めながら開口一番、吠《ほ》えた。

「はい、大将として力量不足で兵を死なせてしまいました」

俺は正座をし涙をこらえる。

「ふっ、馬鹿か？　力量がないと本気で言っているのか？　貴様はいつから大馬鹿になった」

久々に『馬鹿か』と言われた気がする。

しかも今日は初めて『大馬鹿』にレベルアップした。

「はい、大馬鹿なんでしょうね」

織田信長は振り向き、鉄の扇子で頭を軽く叩《たた》いた。

痛いが耐えられるくらいの痛みに手加減を感じる。

「大将の力量はある。だが、覚悟が全くない。大将の覚悟、それは戦場で生き延びる覚悟を持つことだ。大将は窮地に陥ったときはとにかく逃げなければならないのだ。その覚悟ができていなかったな」

「逃げるって、そんな仲間を見捨てるって出来ません」

「儂《わし》も何度も逃げているぞ、常陸なら知っておるのではないか？　逃げて多くの兵を失っている。儂の盾になろうと森蘭丸《もりらんまる》達の父親だって死んでいるのだぞ」

確かに織田信長は朝倉《あさくら》攻めで浅井《あざい》の裏切りにあい窮地に陥ったときに逃げている。

他にも逃げている戦いは意外にも多い。

逃げの判断の速さは有名だ。

「武将にはなれたのだ、大将になれ、真琴。時に非情な覚悟を持つ大将になれ」

この時、初めて名前を呼ばれた気がする。

「真琴、儂はな昔、美濃《みの》の蝮《まむし》、斎藤道三《さいとうどうさん》に儂が死んだら息子達は信長の城の門前に馬をつなぐことになるだろうと言われた。ようは儂は美濃の蝮に認められたのだが、あのときの蝮のように儂は真琴をそう評価する。だが、お主は野心がなさ過ぎてそうはならんのであろうが、野心は時として大切ぞ。儂を世界の秩序とするのではなかったのか？　だったら

それを野心、覚悟として命つきるまで突き進め」

謀反を起こして織田信長・織田信忠《のぶただ》に取って代わって上に立つなど微塵《みじん》も思っていないのだろう。

世界を平和にする為に働き、茨城でゆっくり暮らしたい。ただそれだけだ。

茨城の海の幸、山の幸を食べ、のんびり過ごせる事を望んでいる。

「勝ちすぎていささか疲れてしまったのだろう。真琴、休め。常陸《ひたち》に帰って休め。今回のことは良い経験になったはずだ。常陸の国に一度帰り心を癒やしてこい」

「しかし、信長様」

言葉を続けようとするとまた鉄の扇子で軽く頭を叩かれ、

「今の真琴に兵を預けても、がむしゃらに弔い合戦をし相手を皆殺し、自分の兵も殺す鬼に成り下がる。そのような者に兵を預けることは出来ぬ。少し常陸で休み頭を冷やせ。弥《や》助《すけ》、日本に向かう船に無理矢理でも乗せろ。心配するな。この辺の海からは敵を消し、この南北の大陸を南蛮から封鎖することぐらいは儂だって考えつくこと。いきなり敵の陣地、南蛮の大陸に乗り込むほど馬鹿ではないわ。正気を取り戻したならまたこの地へ戻って来い。待っておる」

織田信長はそう言って部屋から出て行った。

「常陸様、御免」

筋肉隆々マッチョマンの弥助に抱きかかえられ、俺は日本に帰る船に側室達と共に強制的に乗せられ帰らされた。

インカ帝国と皇帝のファナ・ピルコワコの補佐に真田《さなだ》幸村《ゆきむら》・真壁氏幹《まかべうじもと》がグアヤキル城に戻され残り、伊達政宗《だてまさむね》がクスコを居城に対イスパニア戦を続ける事となった。

伊達政宗から『心配せずともこの伊達に全てをお任せ下さい』そう手紙が届いた。

伊達政宗も家臣を目の前で失い、逃げ延びた過去があるからか、それ以上の事は何も書かれていなかった。

第五章　茨城城

《茶々《ちゃちゃ》》

真琴様の帰国を先に着いた高速輸送連絡船で知る。

それと同時に始めて黒坂《くろさか》家の兵を戦いで失ったことも。

だが、その戦いの結果は援軍の到着で勝ち。

戦の結果はそれが全て、兵を失っても勝ちは勝ち。

今まで兵を失うことなく勝ち続けた戦いが本来異常。

ただ、真琴様がそれを認めたくない事はお初が書いた手紙で知る。

しかも御自身が作られた学校から望んで兵になり、隊を任されるくらいにまで成長した東住麻帆《とうずみまほ》の死は受け入れられないのだろう。

共に長い船旅をしてきた者、船内は狭く限られているから家族みたいに親しくなったはず。

その死がとても辛《つら》いのだろう。

死んでいった者がいることは正確に生徒に、領民に伝えなければならない。

ただ憧れで兵に進もうと考える生徒を無くすためにも、戦とはどういうものかちゃんとわからせなければ。

生徒達には伊達政道《まさみち》に戦の事を授業で教えさせ、領民には常に接している成田長親《なりたながちか》あたりが伝えるのが良いでしょう。

間違っていると言われようと私がすべきこと、出来事を正しく伝えるのが私の役目。

幼い子供達にも正確に伝えなくては。その前に長男である武丸《たけまる》を部屋に呼んだ。

「母上様、父上様が帰ってくるのですか？」

「そうです、武丸。ただ、父上様は大変疲れております。心が大変疲れています。武丸も警護をされていた時期があるはずだから名がわかるはず。紅《くれない》常陸隊《ひたちたい》の東住麻帆が亡くなりました。高速輸送連絡船一隻が敵によって沈められたそうです」

「え？」

武丸は固まり、ポロリと涙をこぼしたがそれをすぐに袖で拭って私の目をしっかりと見た。

「戦で死はすぐそこにあるものだと習っております」

「そうですね。しかし、父上様は兵達も家族のように思っています。その死が辛い事はわかってあげて下さい」

「はい、母上様」

「良いですか、父家様が帰ってきてもしばらくそっとしといてあげなさい」

「わかりました。稽古を付けてもらうのは我慢します」

「良い子ですね。彩華《いろは》達にもその様に伝えなさい」

「はい、母上様」

◇◆◇◆◇

1599年4月4日

俺は高速輸送連絡船で常陸国の鹿島港から帰国した。

約3年ぶりの帰国だ。

華々しい帰国ではなく、静かな帰国。

「「お帰りなさいませ、常陸様」」

出迎えた美人の顔をジッと見つめてしまった。

腰より長い黒髪をポニーテールに、ズボンタイプのセーラー服に紅常陸隊の半被《はっぴ》、腰には小太刀と十手、十手は紫色の房で治安維持担当の中でも一番位が高い者だけが許された特別な十手。

「へ～こんな美人が港で不正がないか目を光らせているのか、さぞ船乗り達にちやほやされるだろうけど、頑張ってね」

精一杯今出る言葉を二人に言う。

家臣へのいたわりの言葉。

「「ん？　あれれれれ？」」

二人揃《そろ》って言うのが印象的だ。

「ねぇ～千世《ちよ》ちゃん、常陸様、私達《たち》の事わからないみたい」

「ねぇ～与祢《よね》ちゃん、常陸様、私達の事わからないみたい」

「はぁ？　千世と与祢なのか？」

「マコ、そうだよ、千世ちゃんと与祢ちゃんだよ」

口をぽかりと開けて二人を上から下まで見てしまった。

「「もう、そんなに見ないで下さい。恥ずかしいです」」

二人の頬が桃色に染まっている。

「おぉぉ、ごめんごめん、つい」

よく見れば、千世は確かに前田利家《まえだとしいえ》の妻・松《まつ》様に似ているし、与祢は山内一豊《やまうちかずとよ》の妻・千代《ちよ》に似ている。

松様が幼い千世を側室にと昔推してきたとき、『美人に育ちますとも』と言っていたが、本当に美人だ。

「何歳だっけ？」

「「十九となりました」」

「ええ、もうそんな歳《とし》？」

ついつい驚いてしまう。

まだまだ現役女子高生で通用する。

「常陸様、私達、まだなんです」

「なにが？」

「婚姻」

「あっ……俺の事待ってた？」

「はい、私達は常陸様の側室になることを目標に頑張ってきました。幼き頃より可愛《かわい》がっていただき常陸様以外考えられなく」

「ありがとう。二人の気持ちはほんと、嬉《うれ》しい。ずっと待っていてくれた人を無下にはしないよ。ただ、少し休ませて。お初《はつ》、二人は良いんだよね？」

お初に確認すると、

「当たり前じゃない」

「そっか、なら、落ち着いたら婚儀をして嫁に」

「やったね。やっとなれるね」

二人はお互いの手を叩いて喜んでくれた。

「真琴《まこと》様、この滞在時の夜伽《よとぎ》は二人にさせようかと考えていますが良いですね？」

「それが嫁達みんなの相違なら構わないけど、しばらくは夜伽は控えさせて。少しだけ……」

「「はい、待つの得意ですから」」

ニコニコとした明るい笑顔が少し心に刺さる。

二人には後から茨城城に戻ってもらうことにして、俺は鹿島港から、鹿島神宮に移り参拝する。

その間の道ではカリブ海での戦い、敗戦を知らないであろう領民たちが俺の帰国を祝ってくれるかのように、満面の笑みを見せ一礼してくれていた。

それに応えて手を振るが顔は笑えなく表情は固まったままになってしまった。


鹿島神宮。

帰国の挨拶と亡くした兵士たちの葬儀をここで正式に行う。

帰国に同行した側室達や兵士達も参列した葬儀、

「肉体がなく申し訳ない」

東住美帆《みほ》についロに出して謝ってしまった。

大将として、その様な事はするなとお初に止められていたのに。

「大殿様、私達姉妹は紅常陸隊として兵に取り立てていただいたときに女子であろうと武士として生きようと決めたのです。ですから主君のために死ねることは誇り高きこと。謝らないで下さい。謝られたら逆に成仏出来ません」

本当は涙を流したいであろう美帆は胸を張って言う。

「主君か……」

「真琴様、それ以上はもう。美帆、しばらく休みを上げます。麻帆の弔いを心ゆくまでしてきなさい。そして帰って来たらあなたが紅常陸隊隊長です。そして、東住家の家名はあなたが継ぐのです。良いですね」

「はい、大洗に墓を作ってこの髪を埋葬して戻ってきます」

そう言うと、白い和紙に包まれた髪を懐から取り出し見せてくれた。

「真琴様、よく見て下さい。これが紅常陸隊、いや、全家臣の覚悟と決意。戦いに行くからには死を覚悟しているのです。大将の為《ため》に死ぬ。それが家臣。いつまでも悔やんでないで死んだ者が誇れる大将になれるよう進むべきです」

「お初……」

「さぁ、城に帰りますよ。しっかり手綱を持って、いや揺られて落馬でもしそうなので馬車とします。佐助《さすけ》、馬車の用意を」

「はっ」

意気消沈した姿を見せないようお初が気づかってくれて馬車で領民たちの目に触れにくいようにし北浦の港まで移動、北浦からは船でそのまま茨城城に入城した。

自分で作らせておいて何だが、こんな時この絢爛豪華《けんらんごうか》な萌《も》え門、鉄朱塗絡繰美少女栄茨万華里温門をくぐるのは辛かった。

俺の心だけに聞こえる『あんたバカ！』がずしりと来る。

本当にバカだよな俺。

出迎えもあったものの、皆なにがあったのか既にわかっているようで、茶々が、

「お疲れ様でした。先《ま》ずはお風呂に入り疲れをお取りください。本日はもうすぐ季節が終わる真琴様の好物、鮟鱇《あんこう》のドブ汁を桃子《ももこ》が作りますので」

そう言ってにこやかに笑っていた。

桜の花びらが舞う露天風呂に入るが花びらが灰色に見えた。

散り桜は燃えるときに舞い飛ぶ灰のようで、燃える神峰《かみね》を思い出させ辛い。

湯面に浮かんだ花びらを拳でパシャリと殴り沈めた。

何回も何回も。

バシャバシャと大きな音が鳴る。

それがさらにあの時の波を思い出させ、手が止まった。

「何やってんだろ、俺……」

しばらく湯船につかり空を見上げて止まった。

いつもなら誰かしら背中を流すと入ってくるのだが、そのような事もなく脱衣所でお初が座り待っていた。

ひたすら空を見つめ出て来た言葉。

「常陸の空、常陸の空気、常陸の温泉、常陸の桜、常陸の海、常陸の山、また見せてやりたかったな」

そう呟《つぶや》くと、それを聞いたお初が、

「みんなの魂は一緒に帰ってきてますよ。だから、今、見てると思います。真琴様は皆に身分関係なく接してきたので、慕われていましたからね。これから彼女、彼達は皆、守り神になりますよ」

そう言ってまた沈黙した。

風呂を出ると食卓の長い囲炉裏《いろり》には茶々《ちゃちゃ》達と子供達が全員座って静かに待っていた。

大きくなった子供達も空気を読むのか話しかけてこない。

杯を手にすると茶々が酒を注いだ。

「真琴様好みの選《よ》りすぐりの美少女生徒達が丹精込めて造ったお酒ですよ。それと、美少女達が踏み潰して作った葡萄酒《ぶどうしゅ》もありますから今日はそれを味わってみて下さい」

茶々は微笑《ほほえ》みながらそう言った。

注がれた酒を持つ俺の顔をみんながじっと見る。

なにか言わねば……。

「皆、留守御苦労、今日は兵達を偲《しの》び通夜だと思ってくれ。俺の愚策に散った皆の為に、献杯」

杯を飲み干した。

食べなきゃ心配させてしまう。

無理無理食べて、飲みそして酔いつぶれる。

美味《おい》しいはずの鮟鱇の味さえも感じられず、酒を水のように飲んだ。

飲んで記憶が曖昧になっているときに俺は茶々の出産を聞かされた。

茶々が自ら我が子を見せたく今まで名付けの催促をしなかったと言う。

日本を離れるとき懐妊していた茶々、

「名前は真琴様に付けていただかねばと、今まで丸と呼んでいました。どうか名を付けてあげてください」

１５９６年10月16日生まれで、もう３歳の我が子が茶々の陰でチラチラッと見ていた。

ちょこまかとする動きがどうも印象的で、

「よし、猿田彦命《さるたひこのみこと》からいただき『猿田《さるた》』と名付ける」

お初のいつものあれが聞けなかった気がする。

だが、茶々は、

「良かったわね、ちゃんと父上様に名付けていただいて。今日から猿田ですよ」

「さるた？」

「はい、猿田彦命のように分かれ道を光り輝き導く様な男になるのですよ。父上様がまさにその様な男なのですから、見習いなさい」

「はい」

小さな返事を最後に俺は記憶がない。

◇◆◇◆◇

「姉上様、猿田で良いのですか？　猿ですよ？　猿……」

「猿田彦命から取った名、道祖神とも言われ旅人を守るとも。ちゃんとした神様に肖《あやか》る名ではないですか？　民の側《そば》に居る神の名、良い名だと私は思いますわ」

「姉上様がそれで良いなら……」

「ふふふふふっ、私と秀吉《ひでよし》の時間線の話を真琴様から聞いているから違和感があるのでしょ？」

「まぁそうなのですが……」

「私達しか知らぬ事、気にする必要なんてどこにあります？」

「……ないですね。真琴様に似て鼻筋通ってて猿と言うより天狗《てんぐ》」

「ふふふふふっ、猿田彦命は天狗の容姿だったとも言われています」

「パッと見て真琴様はそう感じたのかしら？　だとしたなら、いつものようにまともな名を付けた？」

「お初、いつものそれが頭をよぎらないのは疲れているからですよ、少し休みなさい。大丈夫、真琴様はすぐに元気になるから」

「えっ？　なにかあるのですか？」

「明日にはわかるわよ」

「姉上様……」

◇◆◇◆◇

次の日の朝、俺は二日酔いの頭を抱えながら茨城城天守の自室に籠もろうとしていると猿田を抱いた茶々が、

「天守最上階にお上り下さい。そして、霞ヶ浦《かすみがうら》を眺めていてください」

そう言って去っていった。

言われたように霞ヶ浦を眺める。

太陽の日差しが水面を輝かせる。

それは今の俺には辛《つら》い仕打ちに思えたが一気に心境は変わった。

「な、なんだ、なんだ、なんだ」

小さな小さな帆のない船が煙をモクモクと出しながら進んでいる。

「火事か！　燃えているのか？　いや、違う、あれは水蒸気かっ」

望遠鏡を使ってよくよく見ると船尾には水車が回っているように見える。

その小さな船を望遠鏡で見続けると、森力丸《もりりきまる》が船首で大きく手を振っているのが見える。

「まっ、まっ、まさか、蒸気機関船？　え？　作れたの？」

俺は慌てて城内の港に走り出す。

俺のいない間に完成していたのか？　え？

港の桟橋に接岸した船はまさに蒸気機関船だった。

「力丸、これはどうした？」

「蒸気機関船の試作船です。御大将が残した設計絵図をもとに作り完成致しました」

「凄《すご》い凄い凄い凄い、まさかこんなに早く作れるなんて」

「御大将の知識があればこそに御座います。御大将、御大将がいなければ歴史は止まります。発展し進化し続けるためには御大将は必要不可欠なのです。兵達《たち》も皆それを分かっているからこそ盾になったのです。御大将の自らの価値は計り知れないもの、それを見誤ってはいけません」

「力丸……」

「私の父上は上様の力量に惚《ほ》れて盾となり散っていきました。私は御大将に惚れています。いざとなれば私だって盾になる覚悟を持っています。皆、同じ気持ちなのです。それを恨もうなどと思っている者は兵だけでなくこの領内にはいません。それ程御大将はこの国を豊かにするのに貢献しているんですよ。もう悲しむ、悔やむのはやめて下さい。負けたなら次は勝つ船を造ろうじゃありませんか？　敵に囲まれても勝てる船を。御大将なら造れますよね？　船大工達は御大将が描く物を絶対造ると準備をしています。命をかけてでも造ると」

力丸の言葉で、必要とされている大切さを改めて知った。

俺しか出来ない事は多々ある。

「そうだな、俺には俺しか考えつかない未来の知識があるんだよな。俺が消えたらただひっかき回すだけひっかき回して、なんの処理もしない無責任な男になるんだよな。安定させるまでは死んでは駄目なんだよな」

「そうですよ、さぁ、新しい船の為に絵図を描いてください。皆待ってます。幕府には戦艦造りの許可もいただき大坂からも鉄甲船の作り手を雇い入れています。オーストラリア大陸から鉄も次々に義康《よしやす》が送ってくれています」

「よし、描こう。これは俺にしか出来ない仕事、俺は自らが戦場で差配するより新しい兵器を開発するのが合うんだよな」

俺は俺自身の官位官職のせいか見誤っていた。

俺自身が戦場で差配し戦うのではなく、知識を生かして新しい兵器を次々に作り、圧倒的強さを持つ軍を作る事が俺の役目、戦いは真田《さなだ》幸村《ゆきむら》や柳生宗矩《やぎゅうむねのり》、真壁氏幹《まかべうじもと》がいるんだから信頼して任せるべきなんだよ。

考えを改めて俺は蒸気機関試作船に乗り、霞ヶ浦を一周した。

バシャバシャバシャバシャと水車が回りながら石炭が燃える黒い煙と白い水蒸気を出して進む船、俺の行くべき道を示すかのように煙は西に向けて一直線、また南蛮に向かえと指し示しているのでは？　そう思えるほど青い空に煙が向かった。

蒸気機関船の完成、俺は何年時代を進めたのかな？

「造るぞ、造るぞ、造るぞ！　幕末の日本をサスケハナ号が脅したように、今度は俺が世界を脅すんだ！　これは俺だからこそわかる知識なんだ！　俺だからこそ造れる船なんだ」

「その意気です」

煤《すす》で汚れた顔で言う森力丸。

見失いかけていた自分の立ち位置に今更ながらに気が付いた。

船を下りると、顔つき目つきが復活したのがわかったのか、お江《ごう》がいつものように首にしがみついてきて、

「マコ～おかえり」

お江が本当の意味でのお帰りを言ってくれた。

お江は本当に頭が良い、その行動で桟橋に整列していた家族みんながにこやかな顔に変わっていた。

◇◆◇◆◇

「ねっ、言った通りになったでしょ？」

「やはり姉上様には真琴《まこと》様の事では勝てませんね」

「勝ち負けではないわよ。真琴様は新しい事に成功したとき目を子供のように輝かせる。それをずっと支えてきたからわかるのよ。お初《はつ》、あなたは真琴様を武で守ってきた。だからあなたは敵の目で見ていたのよ。私とは正反対」

「姉上様は政で支えてきたから知っている目と言うことですか？」

「そう言うことです。さて、また忙しくなりますわよ。立ち止まっていた真琴様が歩き出したのですから」

「それは私も感じます。はぁ～新しい船に美少女の装飾、付けられないか目を光らせないと……」

◇◆◇◆◇

さっそく蒸気機関鉄甲船戦艦のイメージ図を描き始める。

囲まれても負けない船、最強の船、最強の戦艦。

ベースは巨大帆船KING・of・ZIPANGⅢ号だ、それに蒸気機関外輪式の推進装置を付ける。

船の両脇に大きな水車が付く作りは、江戸幕末にペリー提督が乗ってきたサスケハナ号の構造と同様の帆と蒸気機関外輪を持つ汽帆船だ。

風と蒸気機関推進装置両方を使い大海原を走る。

スクリュー式にするにはもう少し時間が必要なので外輪式なのは仕方がないだろう。

船の中央に巨大な煙突を持ち、石炭を燃やし煙を出す船。

ただ、それだけでは面白みも工夫もない。

俺が作るからには俺ではないと想像出来ない工夫が必要だ。

俺が造る建造物の代表になってしまったドーム型住居をこの汽帆船に取り入れる。

それは砲塔としてだ。

ドーム型砲塔を鉄で作られた玉を敷いたレールの上に載せれば３６０度可動し、狙いを定められる。

ベアリングの上に住居を乗せるイメージだ。

可動式ドーム型砲塔があれば囲まれても四方八方に撃てる、進行方向関係なく。

一つのドーム型砲塔にアームストロング砲３門、前に2基、後ろに1基乗せる。

さらに、今まで通りに船体脇にも24門左右合わせて48門。

アームストロング砲、合計57門搭載
全長：１２０ｍ　最大幅：30ｍ　マスト３本
外輪推進装置搭載の為《ため》、アームストロング砲搭載数が少なくはなるが、ドーム型砲のアームストロング砲を巨大化する事でその穴を埋める。

設計図を渡すと可動式ドーム型砲塔は左甚五郎《ひだりじんごろう》率いる大工集団と、うちの鍛冶師国友茂《くにともしげ》
光《みつ》集団が技術を合わせて作り上げていく。

今までの住居・城・鉄砲・大砲・鉄甲船作りの技術をすべて集結する。

蒸気機関外輪式推進装置付汽帆船型鉄甲船戦艦。

その船を5隻同時進行で建造する。

鉄鉱石はオーストラリア大陸から輸入し、ひたちなかの反射炉で製鉄する。

船に積む石炭も磐城《いわき》・中郷の常磐《じようばん》炭田のを蓄える。

補給用に各地の港に高速輸送連絡船で先に運ぶのも開始する。

完成すれば間違いない最強の船だ。

しばらくして攻めの船だけで良いのかな？　と、ふと疑問が湧いてきた。

ん〜念のためにあれも建造するか。

もう1種類の船の設計絵図を書く。

その船は平べったく屋根には鉄板が貼られ針鼠《はりねずみ》のようにトゲトゲがあり、櫂《かい》で進む小型船。

この時代、俺は隣国攻めをしていない。

隣国は付かず離れずが理想的だと思うから、唐入りは否定してきたが世界情勢は変わっている。

いつ唐が南蛮と手を結ぶかわからない。

なら、日本近海用を守る船が必要だ。

近海を守る専用の船、亀甲船で行う。

亀甲船は史実時間線で豊臣秀吉《とよとみひでよし》軍の海路を断つために作られた朝鮮の船で、日本からの補給路を断つのに大いに活躍したと言われている。

ただうちの造船所は手一杯の為、設計絵図を一度幕府に提出し、幕府から海を領地に持つ大名に造るように指示してもらう。

各大名に作らせれば、それなりの数を沿岸警備に就かせる事が出来る。

幕府を通す事で俺は幕府を下に見ていないのを表すのだが、その絵図を送って幕府に許可を申し出ると、織田信忠《おだのぶただ》から、

「船の事は全てお任せします。息子嫁の父になる常陸《ひたち》殿が今更裏切るとは思っていません」

返書が来た。

俺が海外に行っている間に娘たちが織田信長《のぶなが》の孫、三法師《さんぼうし》改め織田秀信《ひでのぶ》と見合いをし、長女彩華《いろは》が嫁になることが決まった。

ただ、まだ若いため彩華は花嫁修業の名目で茨城城で暮らしているが織田家の跡取りの正室として決まっているだけでも、俺に謀反の気がないと示すのには十分であった。

亀甲船は遠い未来知識は活用していないので船大工さえいればすぐに作れる構造だ。

亀甲船を沿岸警備船とするのと、戦艦にも避難船として二隻乗せるように手配する。

避難船は気密性を高めるため櫂を出す穴は密閉式扉にする。

ゴムも南米から輸入できるのでそれを使えるため気密性に問題はない。

同じあやまちを二度としないようにする事を考え新しい船の建造に集中した。

◇　◆　◇　◆　◇

「父上様、凄いです。こんなに大きな船、そして風がなくたって進める船、凄いです父上様」

鹿島城の柳生道場から造船所に寄った武丸《たけまる》が、形となっていく船を見上げて言った。

「いつの日か、武丸の船も造るからな。その時は世界を見て回れ」

「はい、父上様。その時、敵や猛獣に襲われてもひるむことなく倒せるように剣を学んでおります。父上様どうかお手合わせを」

「よし、稽古を付けてやる」

武丸の剣は柳生宗矩に似た静かな剣と、真壁氏幹の腕力で叩《たた》き倒す力のこもった技とが合わさっていた。

14歳だと言うのに力強い……俺もお祖父様《じいさま》から認められたのは確か中学を卒業する時だったから、早くはないか。

武丸、これだけの腕を持っているならいつか、秘技・一之太刀《いちのたち》を伝授しよう。

だが、今はたたき伏せる。

「くはぁっ」

俺の突きを左肩に受け後ろに吹っ飛ぶ武丸。

「参りました。父上様」

「武丸、素晴らしい腕だ。これからも励め」

「はい、父上様。ちなみに今の突きは変わった突きでございましたが技の名などあるのですか？」

「今のは牙突……いや、左片手一本突き、これは習得しなくて良い。いずれ黒坂《くろさか》家に伝わる剣を教える。今は基礎を学びしっかり筋力を付けよ。そう言えば宮本武蔵《みやもとむさし》はどうした？あやつにも稽古を付けてやらねば、そういう約束で雇ったのだが」

武丸付き小姓・新免《しんめん》宮本武蔵の姿が見当たらず聞くと、

「しばらく暇を願い出たのでそれを許しました。今はオーストラリア大陸で佐々木小次郎《ささきこじろう》から剣を学んでいるはずです」

「そうか……うん？」

「なにか御懸念でも？」

「何でもない。何でもないよ」

首をかしげて武丸は不思議そうにしていた。

佐々木小次郎もうちの家臣、今、オーストラリア大陸で前田慶次《まえだけいじ》とともに留守居役に就いている。

そこに修行に行く、宮本武蔵。

果たし合いにはならないよね？

少し不安だが、なにかあれば慶次か義康《よしやす》が止めてくれるだろう。

頼むぞ。

◇◆◇◆◇

最上《もがみ》義康の事を考えていたら本人がオーストラリア大陸から帰国した。

最上義康はアボリジニの娘に恋をし結婚をした。

俺は黒ギャルが大好きなので正直羨ましい。

アボリジニの女性に俺が描く高校の制服を着せると……。

お初に蹴られそうだからやめておこう。

まぁ、ララ姉妹か弥美《やみ》が着れば黒ギャルなんだけど。

ただ、俺としてはオーストラリア大陸で側室が増えるイベントがなかったのが悔やまれる。

まぁ、まだ豪州統制大将軍だし、多くの領地がオーストラリア大陸なので行くことはあるだろう。

アボリジニの娘を嫁にする野望は捨てない。

いや、この先アフリカ大陸系の女子が側室になるイベントが発生するかもしれないな。

お初の目を盗んで恋仲になるのはなかなか難しいところだが。

そんな話はおいておいて最上義康は羽州探題・最上義光《よしあき》の息子で最上家の跡取りだ。

修行名目でうちで働いていたが、父親から家督相続に備えたいと手紙が来たので相談しに来た。

「僕、このまま黒坂家で働きたいのですが父上様が戻ってこいと。年を重ねて不安になったのでしょう。それに最上家は伊達《だて》家や上杉《うえすぎ》家のように異国の仕事が幕府から命じられていませんから軽んじられていると思っているのかも知れません。黒坂家で働いていた僕が戻れば最上家にもなにか仕事も来るのでは？　そう思っているのかも」

少し残念そうに肩を落として言ってきた。

「最上家が軽んじられている？　それは心得違いというものだよ。俺が樺太《からふと》を重んじているのと一緒で、大陸に近い羽州は力を持ってもらわないと。だから、金がかかる異国の仕事を任していないのに」

「ですよね。僕、黒坂家に居てそれは感じていたので父上様にもそう手紙を書いたのですが、家督を継ぐ頃合いだと言って言うことを聞かないと家臣からも手紙が」

「そうか、でも家督を継いで羽州を発展させるのは良いことだぞ。俺について来ていろいろ学んだのでは？　オーストラリア大陸留守居役の一人として鉄や石炭採掘に尽力したとも聞いている。学んだ事は大いに役立っている」

このまま雇い続けると最上家で跡目争いが発生しそうな気がするので説得する。

「はい、鉄や石炭もそうですが、農業、建築、船造りいろいろ学ぶ事は多かったです。そして、世界は広いと学べました。これはとても大きかったと思います」

「なら、それを羽州の為に役立ててはくれぬか？　羽州は海で隔ててはいるが、大陸に近い。発展し守りが強固でなくてはならない。守りが強固なら大陸の国も敵対しようなどと思わないではないか？」

「御大将は大陸の国が攻めてくると、お考えなんですか？」

「時と場合によってはあり得ると思う。可能性の話だ。だからこそ沿岸警備船造りも始めたわけだ」

「わかりました。僕、山形に帰ります。帰って酒田に常陸国のような堅牢《けんろう》な海城を築きます」

「くれぐれも幕府に届けはだしてくれよ。最上は織田家の家臣であって俺の家臣ではないのだからな」

「はっ、心得ました。ですが気持ちはいつまでも黒坂常陸守《ひたちのかみ》様の家臣です。是非落ち着きましたら羽州に遊びに来てください」

「山形、山寺や出羽《でわ》三山に行きたいし銀山温泉にも浸《つ》かりたいな」

「いつでも案内いたし、僕がお背中を流します」

最上義康は上目遣いで言う。相変わらずめっちゃ可愛《かわい》いんだよ、この義康は。

「はははは、その時は頼む」

こうして最上義康は山形に帰って行った。

史実では失脚し暗殺されたはずだが、この世界では俺とのパイプ役となる最上義康を暗殺するような愚行はないだろう。

自画自賛だが、この時間線の日本国では俺はそう言えるだけの地位にいる。

その俺が可愛がっていた小姓であった最上義康を暗殺するようなことはないだろう。

それに義康は真壁氏幹《まかべうじもと》に鍛えられた棒術で自分の身くらいは守れるはず。

だが念のために最上義光宛てに、

『義康は国の発展の為《ため》、良い働きをしてくれました。多くを学んだ義康は羽州発展に貢献いたすでしょう

今後、最上家を義康に任されるなら、私は後ろ盾となり最上家に何かあった際は協力いたすと約束いたします

ただし、家督相続の内紛で、家臣領民が困るような事態が発生したなら平定のためにすぐさま兵を差し向けます

右大臣黒坂常陸守真琴《まこと》』

と手紙を書いた。

義康暗殺防止の釘《くぎ》を打っておく。

山形藩最上家は、史実の江戸時代では跡目争いにより取り潰しとなり、大名から旗本まで没落してしまっている。

そのような事が起きないように事前に『最上義康』なら後ろ盾になると宣言しておけば粗略に扱えないはずで家中もそれに従うと考える。

日本国内で跡目争いなどでごたごたしている場合ではないのだ。

この手紙を念の為に一度茶々《ちゃちゃ》に見せると、

「これ程の脅しがありましょうか？　これを読んだ義光殿はきっと真っ青になりますよ。それにしても真琴様、右大臣らしくなりましたわね」

「そうかな？」

「そうですわよ。ふふふふふっ」

茶々はなぜか嬉《うれ》しそうだった。

◇　◆　◇　◆　◇

《最上義光》

右大臣様からの手紙が……。

これを家臣達《たち》に見せれば羽州で育った義康の弟達を押す声など消えてなくなるというもの。

羽州を離れた義康より、自分たちで育てた者を押すのはわからないではないが、最上家の行く末を見たとき、後ろ盾が黒坂家と言うのは何事にも変えられない力。

義康が帰ってきたら家臣達に総登城を命じて、この手紙を見せそのまま義康に最上家の家督を譲る、それが一番。

最早《もはや》伊達と競い合う時代は終わった。

儂《わし》の戦国は終わった……。

数ヶ月後、幕府より最上家相続は義康と正式に認められ、最上家は家督相続の内紛なく存続することが決まった。

◇　◆　◇　◆　◇

黒坂家四強家臣、柳生宗矩《やぎゅうむねのり》、真田幸村《さなだゆきむら》、前田慶次、真壁氏幹、武の面で最強。

お初《はつ》やお江《ごう》を数に入れれば……いやこの2人は『強』と言うより『恐』だな。

ん～剣豪の字が当てはまるほど強いな。

お江なんて表情を変えずに暗殺するから。

それより船を任せられる強さと信頼性がある家臣4人はそのまま中南米とオーストラリア大陸で働いている。

それに従う操船技術を持つ兵士達もそのまま働いてもらっている。

その四強家臣と兵士達を一時常陸《ひたち》に帰国するように手紙を書き高速輸送連絡船で届けさせる。

新しい戦艦の乗員確保のためだ。

今までの船艦は幕府に返上する。

持っていても宝の持ち腐れ、港に泊めておけば奪われないかと守備の兵を回さないとならなくなり、無駄だ。

うちは万年家臣不足なので仕方がない。

そう悩み、執務をしていた茶々に、

「足軽もっと養うべきだったなぁ」

愚痴ると茶々が、

「いるじゃ有りませんか？」

執務の手を休め久々にお茶を点《た》てながら言った。

「あっ、久々の茶、美味《うま》い。それより兵はどこに？」

「真琴様がお作りになった学校、常陸国立茨城城女子学校生徒です」

お茶を褒められたのが嬉しいのか、にやりと頬を緩めて言う。

「紅常陸隊《くれないひたちたい》か？　大いに活躍してくれているが、新しい生徒そんなに育った？　大体、死ぬ覚悟を持って船に乗るって手を挙げる生徒いるの？」

「東住麻帆《とうずみまほ》の話は生徒だけでなく領民にも伝えました。主君を守れた彼女を尊敬する者が多く、見習いたいと多くの女子生徒が志願し、今では男子兵学校に劣らぬ人数にまでなっております。日々厳しい訓練に明け暮れ、真琴様の直属の兵に相応《ふさわ》しい力を持っております」

「……お初がいっぱい？」

「ふふふふふっ、お初にそれを聞かれたら蹴られますよ」

「あはははははっ、そうだな」

「聞こえたんですけど〜、それどういう意味です？」

部屋に入ってきたお初はじと目睨《にら》みして俺の脇腹を人差し指で突っついてきた。

「うっ、それ地味に痛いからやめて。ごめんって」

茶々はクスクスと笑いながらそのまま話を続け、

「真琴様の留守を守る間に火砲術は学ばせました。刀や槍《やり》の戦いなら男の力にはかないませんが、火砲術なら女であろうと使えます。真琴様が開発したリボルバー式歩兵銃などは特に」

戊辰《ぼしん》戦争で●瀬は●かではなく、新島八重《にいじまやえ》が活躍したのは有名だし、鎌倉幕府前なら女武将も珍しくない。

茨城の女子学校の生徒が火砲術……ガー●ズ&パ●ツァー

百聞は一見にしかず。

実際に訓練を見ると泥だらけになりながら、リボルバー式歩兵銃にアームストロング砲を的確に撃つ女子生徒達が６００人いた。

「すげー、茶々、凄《すご》いよ。こんなに増えていたなんて」

「皆、国そして主君、真琴様を守れるなら死をも覚悟し希望した者達です。真琴様が目指す理想国家、皆が三食食べられる国を作るためならと考える者達です」

茶々が軍配をあげると皆整列した。

「組頭大洗村出身、良美《らみ》、黒江《くろえ》、前に」

ラミクロ？　髪は短く切られたショートカットの、良美、黒江、二人ともサラシに押し込められた胸がキツそう。

いや、それより俺がこの二人に聞かねばならぬことがある。

「戦場に出る覚悟、人を殺す覚悟、殺される覚悟、そして、自決する覚悟はあるのだな？」

二人に向かって言うと、

「はい、出来てますですぅぅぅ」

「私達皆、覚悟は持ってます」

そう言って鋭い目をした。

「あいわかった、命を預かる。皆、明日より乗艦し、航海術、船でのアームストロング砲砲撃術を学べ、新戦艦の完成に備えよ」

「はいぃぃぃぃ」

「わかりました」

そう二人が代表して言うと整列していた皆が右腕を高々と上げ、

「おーーーう」

と、返事をした。

20代前半くらいの若い娘たちが紅常陸隊に加わった。

2人には『大洗《おおあらい》』を名字として与え、士分に加えた。

大洗良美、大洗黒江。

他にも名字がない者は出身の地を名字として与え士分として取り立てた。

学校は様々な出身者が交ざっていたので名字がない者も多かったため。

男子も鹿島神宮に作ってある柳生宗矩管轄下の道場に通う身分を問わない若者たちが800人集まる。

新戦艦の乗組員はなんとかなりそうだ。

身分を問わなければうちは意外と人が集まる。
そこまで常陸国は発展していた。
名実共に日本で安土《あづち》に次いで第二の都市に発展していた。

◇　◆　◇　◆　◇

秋が深まり茨城の山々も茶色が抜け落ち始め、早朝は霜で白くなりだした頃、鹿島港で急ピッチに造られている蒸気機関外輪式推進装置付汽帆船型鉄甲船戦艦の旗艦となる一隻が完成した。
全面が黒い鉄板が貼られた鉄甲船で、可動式ドーム型砲塔を搭載、一つのドーム型砲塔に大口径アームストロング砲3門、前に2基、後ろに1基乗せる。
さらに、今まで通りに船体脇にも24門左右合わせて48門
アームストロング砲、合計57門搭載
全長：120m　最大幅：30m
マスト3本　三層構造・450人乗り
真ん中の艦橋もドーム型だ。
弾が当たっても衝撃を和らげるハニカム構造の壁を持つ。
そして最大の特徴は蒸気機関で動く推進装置の大きな水車・外輪が両脇に一つずつ付い

ている。

外輪の外側は敵の砲撃から守るためのカバー付きだ。

今までの船とは明らかに違う異形の船だ。

進水式を盛大に行う。

船首に据えられた左甚五郎《ひだりじんごろう》作の荒々しい顔をした武甕槌《たけみかづち》の像の幕が取られる。

「命名、黒坂《くろさか》艦隊旗艦・武甕槌とする」

「やっと改心したようね、真琴様」

「絶対に負けたくないからな、武甕槌大神様の御力《おちから》をお借りしたい」

「いつもこうなら良いのに」

お初はにこやかだったが、お江がつまらないと頬を膨らませていた。

命名した後、鹿島神宮に伝わる神剣で御祓《おはら》いするかのように空を斬る。

「えい、えい、えい」

金色に輝く鹿の影が海を走っていくのをこの進水式で並んだ者が目撃したと騒ぎになった。

「皆、静まりなさい。まだ神事の最中です」

お初が騒ぎを止めたが、お江が目をぱちくりとさせ、海を指さしていた。

きっと目にしたのだろう。

鹿島の使い鹿を。

この出来事は後に伝説として伝わる。

「この船には俺が艦隊総隊長として乗るが、船長は真田幸村とする。真田幸村隊と紅常陸隊を乗せる。試験航行開始」

合図とともにマストの帆を張らず外輪の水車がバシャバシャと音を立てながら進む様子に野次馬に来ていた民たちも驚きの声をあげていた。

「海を走る城じゃ」

「城が海を動いておる」

「流石《さすが》、右大臣様が作られたことはある」

「なんてごじゃっぺな船だっぺ」

「おら～あまりの迫力に小便むぐしちまったっぺよ」

そんなざわめきが聞こえた。

ある程度沖に進んだ所で、巨砲化されたアームストロング砲が火を噴いた。

それは今までのアームストロング砲より大きな音で水面そして空気を震わせた。

鼓膜がビリビリとむず痒《がゆ》くなる。

圧倒的火力を持つ最強戦艦の完成だ。

同型戦艦も着々と造られている。

五隻揃《そろ》った時、俺は再び大西洋を目指す。

第二次世界大戦で言えば戦艦大和《やまと》のような船で世界を制する。

世界を制するため、柳生宗矩管轄下の鹿島神宮道場・香取神宮道場・息栖《いきす》神社道場の規模をさらに大きくすることにした。

うちの管理する道場はもともとから出身身分を問わず受け入れるようにしてある。

常陸国立茨城城女子学校生徒なんかは、売られてしまうような女子達《たち》の救済施設の役目で元々は作っているが、今では嫁に行くのに箔《はく》が付くと人気になってしまった。

だから今度は男子も出身身分問わずにさらに多く受け入れるようにし、軍人として育てる事にする。

学校総長・柳生宗矩
香取学校長・佐々木小次郎《ささきこじろう》
息栖学校長・新免無二《しんめんむに》
鹿島学校長・真壁氏幹《まかべうじもと》

しばらくは彼らの家臣が代理を務めることになるだろうが名目上は校長に据えた。

すぐに取り掛かるよう財政を預けてある力丸《りきまる》と茶々《ちゃちゃ》に指示を出す。

増築を待たずに噂《うわさ》は噂を呼び、全国から一気に若者が集まりだしてしまう。

約5000人。

俺は慌てて幕府にことの次第を報告。

謀反の為《ため》に兵を集めているわけではない事を報告すると、形式だけと武蔵《むさし》を治めている織田信澄《おだのぶずみ》が監査役になる事となった。

常陸《ひたち》学校監査役・織田信澄

その学校に、武丸《たけまる》達我が子達も身分を隠して入学させる。
身分の関係ない場所で大いに学んで欲しいからだ。
茶々も鹿島城なら船で行き来が出来るからと了承した。
武丸、究極マザコンになるのを防ぐ目的なのだが大丈夫だろう。
秀頼《ひでより》になられては黒坂家を任せられないからな。
自分で戦場に立てる武将に育って欲しい。

第六章　新戦艦・蒸気機関鉄甲船・武甕槌

新戦艦・武甕槌《たけみかづち》の常陸沖での試験航海が繰り返された。

今までとは違う蒸気機関外輪式推進装置の耐久性テストなども含めてだ。

しかし、外輪の基本設計はうちの飛び抜けた技術を持つ左甚五郎率いる大工集団が作っている。

それがちょっとやそっとで壊れるわけがなく、遠出の試験航海をする事になる。

ならば、行くのは樺太《からふと》だ。

離れて暮らす側室・息子が合わせ4人いる。

北条《ほうじょう》氏規《うじのり》の娘の鶴美《つるみ》は一度、常陸国で暮らしたが北条氏規死去に伴い須久那丸《すくなまる》と樺太へ帰った。

そして、須久那丸が北条家の跡を継いだ。

さらにもう一人の側室、樺太・アイヌの民の族長の娘トゥルックは、大陸の金毛人とのハーフ・白肌で金髪碧眼《へきがん》。その間に生まれた子、次男・男利王《オリオン》がいる。

あまりかまってやれないが間違いない俺の子、気にならないはずがない。

樺太の開発そのものも気になる。

その為、寒い季節だろうと今、空いている時間を利用して行きたい。

新戦艦・武甕槌の試験航海も出来て一石二鳥だ。

お初《はつ》とお江《ごう》も当たり前に乗艦仕度をしていた。

1599年12月20日昼

鹿島港を出航する。

蒸気機関外輪式推進装置の耐久性テストが主な目的な為、帆は張らずモクモクと黒い煙を上げ外輪がバシャバシャと音を立てて進んでいく。

北風を物ともせず進む新戦艦・武甕槌、蒸気機関を使っているため船内の暖房に困らず寒がりの俺には有り難い。

ドーム型艦橋の窓は三重張りのガラスを使っている。

戦闘時は鉄のガードを降ろす仕組みだ。

その為、防寒対策万全。

防寒対策万全なのは後々を考えている。

この船でなくとも次に造る船に役に立つように今回はいろいろな意味でテストなのだ。

ゆっくりゆっくりゆっくりゆっくりと水面を蹴り北上をした。

「マコ〜凄《すご》いね」

「まだまだこれから。もっともっと改良を重ねて速く進む船を造る」

「インカにすぐに行けるくらいになると良いね」

お江は気を利かせてか、そう言うと機関室を見てくると出て行った。

「幸村《ゆきむら》を船長にしたのは正解だわ。真琴《まこと》様は戦略を練り戦術は幸村に任せる。それが一番よ」

「うん、そう思って艦長にした」

「幸村、存分にこの船を使って敵をなぎ払う戦術を考えなさい」

少し戸惑いながら幸村は、

「は～」

と返事をしていた。


鹿島港を出て2日で青森の大間港に到達すると、津軽《つがる》家からの極大マグロの差し入れがあった。

急遽《きゅうきょ》寄ったのだが、ちょうど揚がったばかりのマグロがありそれを貰《もら》えた。

マグロ、この時代ではあまり好まれない魚として有名だが、俺が脂っこい物を好むことを安土での饗応《きょうおう》の料理で知っている津軽為信《ためのぶ》が寄港に際して、

「今朝水揚げされだマグロがありあんすが、常陸様だばごういった魚お好ぎがど思って」

「いや～大好物ですよ。ありがとうございます」

「それはえがっだ」

なんとも嬉《うれ》しい。

本場の大間のマグロだ。

それを捌《さば》いて刺身で食べる。

「くぁ～美味《うま》い」

兵士達にだってもちろん同じで夕飯に舌鼓を打った。

台所を覗《のぞ》くと、マグロの骨がまだある。

「おっ、おっ、中落ちあるじゃん。この骨に付いた身を匙《さじ》でゴシゴシ取ったやつが一番マグロの匂いが強くて好きなんだよ」

「へ～、マコは本当に美味《おい》しいの知ってるよね～、どれどれ、あっ、美味しい」

お江も食べると喜んでいる。

「頭は窯に入れて焼いて食べよう。兜《かぶと》焼《や》きも美味いんだよ」

「なんか、兜焼きって縁起悪そうね」

お初が呟《つぶや》く。

武士の感覚なのだろうか？　俺は気にならない。

「頭焼きだともっと物騒だから兜焼きで良いのでは？」

「確かに」

次の日の朝食で、こんがりと焼き上がったマグロの兜焼き。

目の玉のゼラチン質に軽く塩をふりむしゃぶりつく。

お初が怪訝《けげん》な顔をしていたが、お江は珍しい物を見るかのごとく目を輝かせて視線を向けてくる。

「なんの臭みもないから食べてみなよ」

お江にすすめるともう片方の目の玉を同じ様にして口に含み、硬い目の中心を懐紙で口から出すと、

「うわ～不思議な食感、にゅるにゅる、でも美味しい」

喜んでくれた。

お初の顔が段々険しくなるので人間でいう首の後ろの肉を取り分けてあげる。

見た目は普通にマグロの焼いた物なので、口に運んだ。

「うわ、結構脂ありますね。でも美味しいわ」

「そうなんだよ。マグロは頭が美味いんだよ。頬肉だって美味いんだよ」

極大マグロの兜焼きは結局三人で食べてしまった。

マグロは捨てるところがない。

心臓だって美味い、胃袋も軽く茹《ゆ》でて食べられるし、皮も茹でてポン酢と大根おろしで食べたいが、ポン酢を積んでいないのが残念だ。

津軽家からのマグロは余すとこなく食べた。

◇◆◇◆◇

雪降る津軽海峡を抜け、北海道を右手に見ながら北上する。

何度目になるだろうか同じ景色を望みながら進むが、違っているのはいくつもの木造輸送船とすれ違ったことだ。

海上輸送が発展している証拠であった。

樺太や北海道で加工された海産物が南に送られ、米など穀物を北の地に運んでいる。

南北は持ちつ持たれつの関係の構築をしている。

しかも、樺太の北条は北条を名乗っているが俺の血の繋《つな》がる子が継いだ。

後ろに俺がいることがわかっていて不公平な取り引きなど出来るはずもない。

足下につけ込んだ不公平な取り引きをする無謀な勇気を持った者は出ない。

そんな輸送船を見ながらひさびさの樺太島留多加《るうたか》港に入港した。

見たこともない煙を出しながら走る蒸気機関外輪式推進装置付汽帆船型鉄甲船戦艦に、守備兵が慌てふためくが俺の家紋の旗を見ると何か納得しているようだった。

ひさびさの地に足を下ろす。

港は大小さまざまなドーム型の家々が無数に作られ、大きく繁栄しているのが見て取れた。

日本でありながら日本ではない景色だ。

栈橋に接岸してサラサラとした雪に足跡を付けながら、陸に向かうと守備兵の出迎えがあった。

「右府様、右府様だ～、右府様、御自らのお出ましだ～」

守備兵が集まり雪が積もっているというのに片膝を突く兵士達《たち》。

「皆、出迎えご苦労、今回は息子達の様子を見に来ただけだ、案内を頼む」

「はっ、すぐに馴鹿《トナカイ》引きの艝《そり》を用意します」

俺が常陸国で使っている馬車の艝バージョンで大きな角を持つ馴鹿二頭引きが用意された。

鶴美が作らせたのだろう。

二頭引きの5人が余裕に座れる艝に乗る。

足が太く体のでかい馴鹿が白い鼻息を荒々しく出しながらゆっくりゆっくりと進む。

首にかけられた熊除《よ》けの鈴をチャリンコリンと鳴らしながら。

そのまま樺太城に入城をした。

樺太城に入ると慌ただしく鶴美とトゥルック、そして成長した次男・男利王と六男・須久那丸が母親たちの後ろに隠れヒョコヒョコと顔を出して覗いていた。

「おっ、トゥルックも来ていたのか？」

「はい　須久那丸が　来てから　男利王が意気投合　しまして　ちょくちょく　遊びに」

ＤＮＡは自然と兄弟を呼び寄せたのだろうか？

母親は違えど俺の息子達、兄弟だ。

仲良くやっているなら言うことがない。

「男利王、須久那丸、父だぞ～」

恥ずかしがる二人に近付くと、もぞもぞしている。

そんな二人に走りより勢いよく金玉を鷲摑《わしづか》み。

「ほら、シャキッとしろ、もぞもぞしてないで」

「ぎゃ～父上様、何するんですか」

須久那丸は幼少期を茨城城で過ごしただけありすぐに反応してくれたが、男利王は泣きべそをかき始めていた。

「父上様、男利王兄を虐《いじ》めないでください」

「いや、これはともだちんこと言って挨拶のつもりだったのだがな」

「そんな挨拶がありますか」

一歳下の須久那丸の方が利発だった。

「そのへんに　しといて　あげて下さい」

トゥルックは呆《あき》れ笑いを見せていた。

「そんな挨拶は間違っています！　それより今宵《こよい》は泊まれますよね？」

鶴美が聞いてくる。

「ああ、数日泊まってひさびさに樺太を見たい。寒いがこの期を逃してしまうといつ見れるかわからないからな」

「わかりました。今日はひさびさにトドの金玉料理を用意させます」

鶴美《つるみ》が笑いながら言うと、お初が、

「もう、精力は付けなくて良いから」

苦笑いをしていた。

「げっ、今回桜子《さくらこ》達を連れてきてないからそういう料理ないと思ってたのに……普通に鱈《たら》とか鮭《さけ》とか食べたいなぁ～」

「はいはい、わかりました。用意させますね」

精力にはたして効くのか怪しい海獣の金玉料理は回避出来た。

「あっ、そう言えば海豚《いるか》が今朝届いたので海豚食べます？　お好きでしたよね？」

「おっ！　いいね～、海豚と牛蒡《ごぼう》を味噌《みそ》で甘辛く煮て欲しいけど出来る？」

海豚と牛蒡の味噌煮は俺の好物の一つなのだ。

「やってみますね」

夕飯には、脂ののった鮭と鱈の身、白子に野菜がいっぱい入った汁、味付けは塩でトゥルックが自ら作ってくれたアイヌ料理『オハウ』だ。

「くぁ～さっぱりした味付けだけど素材の味が良く出てて美味い。これは良いね」

トゥルックは嬉しそうに微笑《ほほえ》みながらおかわりをよそってくれた。

そして希望通りの海豚料理が出て来た。

米も握り飯になり出て来た。

「この米は本土との商い品？」

鶴美に聞くと、

「少々ずつですが米も収穫出来るようになったのですよ。田畑に繋がる用水路の水を温める、風除けを作るなどが効果が出て来てます。一度味わってもらおうと握ってみたけどどう？」

鶴美の手で握られた握り飯は少し小さく可愛《かわい》いサイズだったが、丁度一口サイズ。

口に入れるとサラサラと崩れる握り飯、少しだけ味は落ちるがちゃんとした米だ。

それが収穫出来てこうして食卓に出ることの意味は大きい。

美味い不味《まず》いではない。

米がちゃんと取れるかが重要。

「そうか、それは良かった。日本国民全てが飢えない国造りをしたいからな、いや～本当に良かった。この成果が樺太《からふと》だけでなく、北海道や東北に広まれば、この後来る飢饉《ききん》対策になる」

「真琴様、ここは家族だけだから良いのですが、今の言い回しは他では駄目ですからね」

お初《はつ》に注意されてしまった。

「家族だけだから言ったんだよ」

「はいはい」

「もう、姉上様、食事の時くらい怒らないの。それよりこの肉、美味しいよ」

そう言ってお江《ごう》は馴鹿のスペアリブをむしゃりむしゃりと骨から肉を噛《か》みちぎってほおばっていた。

「うわ～流石《さすが》、お江の母上、男利王《オリオン》兄、俺たちも負けずに食べよう」

「うん」

お江の食べっぷりに、男利王と須久那丸《すくなまる》が競い合うように食べていた。


樺太の農政改革は着実に実を結んでいるのが夕飯で実感できた。

夕飯を食べたあと男利王と須久那丸を連れ風呂に入る。

須久那丸はもう慣れてじゃれてくるがどうも男利王はよそよそしい。

「男利王、昔も一緒に風呂入ったんだけどなぁ～覚えてないか？」

聞くと首を振って小さな声で、

「覚えてる……覚えてます」

「ははは、そうか、そうか、覚えてるか」

「うん」

男利王はどうもシャイだ。

「ほれ、チンチンはちゃんと皮を剝《む》いて洗え」

「ぎゃ～、やめて～～」

前を手で必死に隠す。

まあ、ここを掘り下げると18禁になりそうだから流そう、風呂だけに。

湯船に浸《つ》かりながら、

「なぁ、二人とも俺は父として二人とあまり時間を共に過ごしてやれなかった。おそらくこれからも淋《さび》しい思いをさせるだろう。が、そんな父から二人に頼みがある」

「なんですか？　父上様？」

須久那丸。

「……」

無言で目を見てくる男利王。

「二人は母親はちがくとも兄弟だ。二人には仲良くして欲しい。無論、茨城城にいる武丸《たけまる》達もだがな。兄弟姉妹はいつまでも仲良くあってほしい。そして樺太は広い土地だが寒く住む環境には厳しい。その土地に住むお前達二人にはこの樺太を繁栄させて欲しいのだ。お互いに協力しあって」

意外にも男利王が、

「もちろんです。父上様」

大きな声で返事をした。

「そうか、そうか、わかってくれるか」

言うと須久那丸も、

「はい」

　とても大きな声で返事をした。

「樺太はな、すぐそこには大きな大陸がある。だからこそ守りの要にしたいのだ。まぁ、この話はもう少し大きくなってからわかればよいがな。とにかく、二人とも協力しあって大きく育て」

「「はい」」

　そう返事をしてくれる。

　そのあと二人に背中を洗ってもらった。

　小さな手だが全体重をかけて一生懸命背中を洗ってくれた。

「どれ、父はチンチンを洗ってやるか」

「ぎゃ〜」

「痛い、痛い、剥かないで〜」

　皮を剥く剥かないの風呂の大騒ぎで緊張がほぐれた二人、男親子なんてそんなものだ。

　そんなくだらない事で時間と言う距離は一気に縮まる。

　親父《おやじ》と心の距離を感じていた中学時代、母親に隠していたエロ本を見つけられた事があるが、

『黒ギャルは良いよな……。まぁ〜なんだ、母さんの見えるとこには置くな、上手《うま》く隠しておけ』

そう淡白に注意した親父とはその後、心の距離は感じなくなった。

今となっては懐かしい思い出だ。

俺は二人を連れ、次の日は新戦艦・武甕槌《たけみかづち》で樺太とユーラシア大陸を隔てる海峡を北上した。

男利王と須久那丸は初めて見る蒸気機関の推進装置に目を輝かせ食い入るように見ていた。

時代は違くてもやはり男は機械仕掛けが大好きなのだ。

ボイラーの石炭をくべるところでも熱い熱いと言いながらもスコップで石炭をくべるのを体験してみていた。

「いずれは、この蒸気機関で陸を走る車を作るつもりだが、今は海路、船を優先する」

「え？　父上様、船が陸を走るのですか？」

須久那丸、

「馬車と言ったほうが良いな。馬の代わりに蒸気機関で車輪を回す」

「凄《すご》い凄い、完成したら乗りたいです」

男利王が続いた。

「あぁ、乗らせてやる。完成したら日本全国走らせたいな」

「父上様の夢は大きいでございます」

「夢は大きく持て、そして努力しろ、さすれば叶《かな》う」

「「はい」」

そう二人は煙突からもくもくと出る煙に目を輝かせて返事をした。

この航海は二人に蒸気機関を見せることだけが目的でなく、大陸と一番近い土地で要塞を作るための下見を兼ねている。

樺太を見ると海岸線では大きな熊が鮭を狩っている。

冬眠までの充分な栄養補給が出来なかったのだろうか？

そんな熊を見ながらポギビと呼ばれる大陸と樺太との一番近い土地に来る。

「この地に要塞を造る。資材は陸路は使わず海上輸送し作れ、陸は動物達《たち》の保護区だからな」

「はっ、かしこまりました」

いっしょに乗艦した穴山小助《あなやまこすけ》が返事をした。北条《ほうじょう》の動きを監視しながら男利王の警護もしていた真田《さなだ》十勇士の一人穴山小助、今は須久那丸の家臣となり支えている。

「小助、よろしく頼む」

流氷や小船でも渡れそうな海峡の地に防衛施設を造る。

これは将来を見通せばやらなければならないこと。

北は樺太から沖縄までが日本。

北の守りそれは絶対に守らねばならない。

その為《ため》の布石。

ロシアに渡すなどということがあってはならないのだ。

そんな視察航海を一泊二日で済ませ、港に戻ると子供達と別れの時がきた。

「父上様」

「本当はいっしょに行きたいです」

2人を抱きしめ鶴美とトゥルックに託す。

「また、来る。樺太を頼んだぞ」

そう言い残し俺は樺太を出航して常陸《ひたち》に戻った。

◇◆◇◆◇

1600年元日
俺は珍しく犬吠埼《いぬぼうさき》で初日の出を拝んでいる。
太平洋に突き出た切り立った岬には、海洋国家を目指す俺の政策で灯台がある。
ミニ天守みたいな灯台の上から360度に広がる太平洋を望みながら水平線から上がる

一筋の明かりを見つめ、夕闇が朝日に輝く瞬間に祈りを込め拝んだ。

「祓《はら》いたまへ清めたまへ守りたまへ幸与えたまへ」

深く深く頭を下げ祈りを捧《ささ》げる。

初日の出のあと、鹿島神宮・香取神宮・息栖《いきす》神社三社初詣、身分を隠してお忍びで参拝する。

三社は大変賑《にぎ》わい、露天商も出ており達磨《だるま》などが並んでいた。

最後に寄った息栖神社の露店で達磨を買う。

「へい、お客さん、名前を入れるんで教えてくんね～」

露天商のオヤジ。

縁起物に偽名はいけないだろうと思い、

「黒坂真琴《くろさかまこと》だ」

「へい、へい、黒坂と、まことはどう書くねぇ～、右大臣様と同じ名前って右大臣様の出世にあやかってかい？」

「はははは、そうだな、出世したいな。漢字は右大臣様といっしょだ」

「そうかい、いっしょかい、きっと出世するだろうよ。ほら出来上がった。右大臣様のおかげで安心して商売出来るようになったんだから、良い世の中だよな。お客さんも黒坂様に仕えると良いよ。働き手求めてるらしいからね」

「そうかい、考えてみるよ。ありがとうね」

後ろで護衛の忍びが笑いを堪《こら》えていた。

まぁ仕方がないが、神社の参道の賑わいと町民の生の声が聞けて満足の初詣になった。

この繁栄をいつまでも続くように俺は働かねばなと改めて心に決める年明け。


初詣をして何か物足りないのに気が付く。

それはたこ焼き&お好み焼きが露天商にないことだ。

当然と言えば当然なのだが、気になりだしたら食べたくなるのが人としての欲求ではないだろうか?


ひさびさに粉物を食べたくなる。

蕎麦《そば》でたまにガレット、トウモロコシでトルティーヤも作るが、今は違う。

たこ焼き&お好み焼きの気分だ。

料理一切を任せてある桜子《さくらこ》に指示を出す。

鉄板はあるのでお好み焼きは可能、たこ焼きは鉄板を鍛冶師に発注する。

常陸国では様々な世界各地の作物を実験的に育て始めているので、重要なキャベツだって手に入る。

小麦粉ももちろんあるし、豚肉もある。

海産物はちょっと海に船を走らせれば手にはいるので蛸《たこ》、烏賊《いか》、海老《えび》、ホタテを獲《と》りに行かせる。

ソースも桜子達が豚カツ味噌《みそ》タレを改良に改良を重ね、最近では野菜や香辛料を煮込み、俺が求めるブルドッグが描かれた物に近付きつつあるので問題ない。

山芋・チーズ・青海苔《あおのり》、鰹節《かつおぶし》、そして重要なマヨネーズだが、うちではもう当たり前に作られている。

まぁ、裸の赤ちゃんが万歳しているマヨネーズには程遠いが間違いなくマヨネーズだ。

桜子、桃子《ももこ》、梅子《うめこ》、おそらくこの三人は今世界で料理人の頂点にいるだろう。

俺が求める物の再現率が高い。

未来の料理を作れる三人に勝てる料理人はいないはずだ。

少なくとも、俺の時間線には織田信長《おだのぶなが》の料理人にケンと呼ばれる者はいないのだから。

それは掘り下げると怒られそうなので置いといて、お好み焼きの下準備は完成した。

海老が伊勢海老《いせえび》だった以外は特に問題ない。

なぜに伊勢海老？

車海老《くるまえび》くらいで良かったのに。

鮑《あわび》や雲丹《うに》まである。

普通、使わないぞ。

小麦粉と山芋と卵と水を入れ生地を作りキャベツを交ぜる。

それを熱い鉄板に流す。

油がジャワジュワと煙を出す中、固まりつつあるお好み焼きの生地に薄切りにした豚肉を乗せる。

周りが固まってきた所をひっくり返すと裏面は程よい狐色《きつねいろ》。

後は豚肉と中まで火が通るように何度かひっくり返してソースを刷毛《はけ》で塗り、マヨネーズを垂らす。

鰹節と青海苔もパラパラと振り掛ける。

台所にソースの焦げる匂いが立ち込める頃には、ちゃっかりとお江《ごう》と経津丸《ふつまる》が隣に座り今か今かと待っていた。

経津丸はお江に似て食いしん坊だ。

「ほ〜ら、出来たぞ、お好み焼きだ」

「うわ〜凄い、ひさびさにマコの新作料理だ。いただきます。はふはふ、あちちちち」

「あちちちちっ、父上様、あちゅい」

「ちゃんと、ふーふーして冷まして口に入れなさい。あわてないで食べなさい。桜子達も食べて」

8等分したお好み焼き一枚目を食べると、皆が目を見開き、美味《うま》い美味いと喜んだ。

2枚目は海鮮、お好み焼き。

烏賊、蛸、伊勢海老、鮑、雲丹入りだ。

めっちゃ豪華過ぎるだろ！

平成なら一枚８０００円くらい取られそう。

2枚目も味見でペロリとなくなった。

その日の夕飯はお好み焼きパーティーになった。

茶々《ちゃちゃ》達も喜んでいつもより多く食べてしまい、腹の中で小麦粉が膨らんだのか苦しそうだった。

後日、たこ焼き用鉄板が完成したのでたこ焼きも作るとそれも喜ばれる。

高校時代、友達とたこ焼きパーティーをして経験があるから丸く作れるが、桜子達は悪戦苦闘していた。

何度か練習すると丸く作れるようになる。

俺のたこ焼きは最後に油でカラッと焼く？　揚げる？　やつだ。

関西方面のたこ焼きにこだわりを持つ者には賛否両論の品だろうが、俺はカリッとした、たこ焼きが好きだ。

側室たちや家臣たちにも焼いて振る舞うと大盛況。

たこ焼き屋さんになった気分の1日となった。

お好み焼き&たこ焼きは右大臣黒坂常陸守《ひたちのかみ》直営食堂のメニューに加わった。

◇　◆　◇　◆　◇

桜の花が咲き始める頃、蒸気機関外輪式推進装置付汽帆船型鉄甲船戦艦の武甕槌《たけみかづち》と同型艦の4隻が完成した。
常陸国の総力をあげて造った船だ。

新黒坂水軍艦隊

旗艦・武甕槌・船長・真田幸村《ゆきむら》

二番艦・不動明王・船長・柳生宗矩《やぎゆうむねのり》

三番艦・摩利支天・船長・前田慶次《まえだけいじ》

四番艦・毘沙門天《びしやもんてん》・船長・真壁氏幹《まかべうじもと》

ん？　1隻余っている？　それはそれだ。
考えがある。
仮船長・佐々木小次郎《ささきこじろう》とする。
5隻は試験航行に伊豆《いず》大島までの往復を繰り返させる。

冬の荒れる波にもかかわらず、伊豆大島まで問題ない航行。

煙を勢いよく出す。

最後の試験航行に、茶々と武丸《たけまる》も同行させる。

「ひさびさの海、気持ちいいです」

いつも留守ばかり任せている茶々が大海原を見ながら言っている。

「すまない、大仕事が終われば皆でゆっくり観光で世界を回りたいな」

「その日を楽しみにしています。そしてそれは私との絶対の約束です。その日が来るまで絶対に生きて下さい」

茶々の目線はいつにも増して真剣で力強かった。

武丸は大海原を楽しむ余裕はなく、船酔いで苦しんでいた。

「おぇ～」

背中をさすってやりながら、

「俺も昔は船酔いは酷《ひど》かったからわかるよ。しかし、黒坂の名を継ぐからには海の男になってくれ、海を制覇し世界平和の守護者になるのを黒坂に生まれた運命と思え」

「おぇ～、父上様、今、そのような事を言われましても、おぇ～」

余裕はないようだ。

「とにかく、船には慣れろ、まだまだ、蒸気機関外輪式推進装置付汽帆船型鉄甲船戦艦は作り続けるからな」

「は、はい、おぇ〜」

ん〜、揺れの少ない船も考えるか。

今回はこの蒸気機関外輪式推進装置付汽帆船型鉄甲船戦艦が世界の度肝を抜くだろうが、さらに上を目指した船も必要だ。

俺の知識では飛行機は造れるかどうか怪しい。

なら、しばらくは船が最強の主力な乗り物なはず、どんどん改良を加えていかなければ世界一を保てない。

2位じゃ駄目なんですか？　などと、ふざけた事を言う国益を考えない国会議員もいたが2位じゃ駄目なんだ。

それが世界を制覇しようとしている者なら当然の考え。

武力だけではなく、科学技術でも2位で満足などしていてはならない。

世界の覇者になると言う事はそういう事だ。

大島で一泊したのちに再び鹿島港に帰港した。

武丸にとっては辛《つら》い船旅になってしまった。新黒坂水軍艦隊は形になった。

◇　◆　◇　◆　◇

目指すべき地が俺にはある。

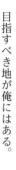

初老の織田信長にいつまでも任せている訳にはいかない。

カリブ海・大西洋の情勢が気がかりだ。

パナマを経由した輸送船からは特段不利になっていると言う連絡もないが、良い知らせも来ている訳ではない。

俺を焦らせないよう情報制限をしている節が感じられる。

真田《さなだ》幸村・柳生宗矩・前田慶次・真壁氏幹・佐々木小次郎を集めて、再びカリブ海を目指す事を命じた。

お初《はつ》、お江、桜子、小滝《こたき》、ラララ達《たち》も、行くと言うのは心強い。

もう、俺の側室は女武将だ。

そう思うことにしよう。

「茶々、また、留守を頼む」

茨城城の天守最上階で眼下に広がる大都市茨城の城下を見ながら言う。

「わかっております。真琴《まこと》様、皆を頼り皆に命令し、当主として苦渋の決断をする。それを肝に銘じて心折れる事なきよう」

「あぁ、わかっている。家臣に殿《しんがり》を命じて自分は逃げる。その覚悟は持ったつもりだ。まあ、蒸気機関外輪式推進装置付汽帆船型鉄甲船戦艦には敵はいないがな」

「油断は禁物です」

勢いよく背中をバシッと叩《たた》かれた。

「それと、側室はむやみには増やさないこと」

「う、う、う、うん」

自信がないので曖昧な返事をした。

異国の美少女と恋仲になれば、増やしたい。

黒膚《はだ》の美少女・白い膚の金髪碧眼《へきがん》美少女、ここまで側室がいるなら最早《もはや》目指すはハーレム王だ。

そんな心を読んでか、茶々は強い眼力で睨《にら》みつけてきたが、見ないことにした。

背中には嫌な汗が流れたが誤魔化す。

1600年5月5日

450兵×5隻の新黒坂《くろさか》水軍艦隊は鹿島港から一路、オーストラリア大陸へ向けて出陣した。

黒い煙をモクモクと上げて進む。

季節風や波を物ともせずに大海原を走り出す。

力強く確実に水面を水車で噛《か》むようにして、バシャンバシャンと音を立てて進む。

イスパニアとの決着を付けるために。

エピローグ

《千世《ちよ》と与祢《よね》》

「はい？　夜伽《よとぎ》するんだよね？」

蒸気機関完成を目にして、元気を取り戻した俺は、千世と与祢との婚儀を済ませた。

その夜、寝所に行くと千世と与祢が二人して大きな布団の脇に、正座で待っていた。

これから子作りをするのに2人が居るのに？？？　頭の中で疑問符が。

「「常陸《ひたち》様、これ小糸《こいと》ちゃんからいただいた漲《みなぎ》る薬です。これを飲めば、2人いっぺんに相手出来ると」」

「はあ？　2人はそれで良いの？」

鼻息を荒く興奮気味に言うと、

「「私達ずっと一緒だったから、平気です。2人で夜伽頑張ります」」

握りこぶしでやる気を見せている。

「くぁ～これは夢が叶《かな》う」

複数一緒に抱くプレーは憧れていた。

嫁達は仲が良く俺から複数で夜伽をしたいと言えば叶うだろうが、命令に近い無理強いになってしまうのではと自分からは言い出せなかった。

「よろしくお願いします」

2人を抱き寄せ、布団に押し倒した。

……。

「常陸様、痛いです！」

「えっ、千世ちゃん痛いの？　千世ちゃん？」

「はぁっはぁっはぁっ……痛い」

「よし次は与祢に」

小糸特製精力剤の効果は凄《すご》かった。

「いたっ……いたたたたたたた」

……。

翌朝、2人は、

「激しすぎて痛かったです」

小糸に抗議していたが、小糸は精力剤の効果があったことを大変喜んでいた。

「2人とも、精力剤の効果もあったみたいだけど、でれすけとの初夜は私も痛かったのよ……もの凄く」

部屋から漏れ聞こえたガールズトーク、それ以上聞くと萎えそうなので逃げた。

2人同時に抱くのは茨城城にいる間続いて、2人は見事に懐妊した。

◇　◆　◇　◆　◇

《ヨーロッパ大陸での出来事》

「なに！　また船を失っただと！　ふざけるな」

カリブ海で起きた海戦により多くの船を失ったとイスパニア国王フィリッペの元に知らせが届いた。

「フィリッペ陛下、敵は待ってはくれません。船を造らねば。しかし、金が……」

海軍を任されている家臣が頭を下げ言うと、フィリッペは持っていたワイングラスを投げつけ、

「それをどうにかするのが貴様たちの仕事だろ！　日本に劣らぬ船をさっさと造るのだ！」

「敵の船は頑丈な鉄に覆われた船、我が造船技術は残念ながらそこまでありません」

「陛下、残念ながら鉄すらも多くなく」

「陛下、敵の大砲は飛距離、命中精度、威力、どれも勝っていて」

「えぇい、どいつもこいつも言い訳ばかりしおって！」

フィリッペ2世は額に血管が浮き出るほど怒り、怒鳴りつけた。

「陛下、ここは和睦を」

「和睦など出来るか！　すでに多くの土地を奪われ始めているというのに貴様はクビだ！　貴様も貴様も貴様もクビだ！」

「まぁ～まぁ～陛下、金を作ればよろしいのでしょ？　金を作れば船を建造出来る、船や大砲が劣るなら数で勝負でございます。幸い日本国は遠く、今こちらに来ている船さえどうにかすれば勝ち目はあるはずです。私に考えがあります」

「高山《たかやま》、なにか考えがあるのか？」

「なに、簡単な事。以前献上にと織田信長《おだのぶなが》から贈られた品々、まだ蔵にしまってあるではないですか？　あれを売り払えば金が出来ます」

「くっ、あんな奇妙な物が金になるのか？」

「異国の品々、興味を持つ王侯貴族や商人は多いかと。日本を支配出来れば好きなだけ手に入ると言って売るのです」

「なるほど、売った金と軍銭集めに協力させれば、よし。高山、貴様が思うようにして良い、やってみよ」

「はっ、きっと神デウスが良きよう導いてくれるでしょう。アーメン」

そうして織田信雄《のぶかつ》が日本国から持ってきた贈り物、萌《もえ》美少女が描かれた陶器や蒔絵《まきえ》が施された箱、屏風《びょうぶ》、絡繰り萌《も》え美少女人形などがヨーロッパ諸国の王侯貴族に出回りだす。

勿論《もちろん》、興味を持つ者持たぬ者がいたが、とある領主の妻の目に留まった。

「なんと美しい品々なのでしょうか、こんな美少女が描かれた物など初めて見ましたわ！　素晴らしいですわ！　すぐに買い集めるのですわよ」

「奥様、しかし、とても高価な物と」

「えぇい！　私の言うことが聞けないならこうですわよ！」

容赦ない鞭《むち》がビシビシと侍女の肌を傷付け鳴った。

「お許し下さい。奥様、どうかお許しを」

「謝ってる暇があるならすぐに買い集めなさい。それにこの様な物を作る国、作るように命じた者の名など詳しく知りたいわ、とにかくなんでも良くてよ！　出来得る限り集めなさい」

「はい、奥様」

慌てて部屋を出る侍女を後目《しりめ》に、奥様と呼ばれた女性は、萌美少女が描かれた皿を舐《な》めるかのように見入っていた。

いや、描かれた萌え美少女を舐め回しうっとりとしていた。

その女性の名は、ハンガリー王国の貴族にして、『血の伯爵夫人』の異名を持つバートリ・エルジェーベトだった。

萌美少女陶器との出会いがこの女性の性癖をゆがめ人生を大きく揺るがすことになる。

それとは別に、織田信雄が持っていた黒坂真琴《まこと》が書いた常陸の学校で使われている書物、天体に関する教科書が偶然とある人物の手に渡った。

熱心に日本に行った事がある商人から言葉を習い、それをどうにかして読み解こうとしている科学者がいた。

「なんと素晴らしい。月の表面にある模様は流れ星がぶつかって出来たくぼみ、これを書いた者はクレーターと呼んでいるのか……、こんな詳しく書いてある書物など見たことがない。素晴らしい。この書物には地球は太陽の周りをまわっている事は常識のようにも書いてある。凄い、この書物を読めるようもっともっと日本という国の言葉を学ばねば！ああ、これを書いた黒坂真琴なる宰相に会ってみたい。話を聞きたい。私が知りたい事が知れるはず。バチカンがなんと言おうと、それでも地球はまわっているんだ！」

興奮してバチカン勢力圏で聞かれてはならないことを叫んだ科学者の名はガリレオ・ガリレイと言う。

ガリレオ・ガリレイ、史実時間線では月のクレーターを始めて望遠鏡で観察したはずの男だったが、もうこの時間線では黒坂真琴が作った望遠鏡で、茶々《ちゃちゃ》が兎《うさぎ》を見つけるために時折暇があると月を眺めていた。

「はぁ〜もっとよく見られる望遠鏡があればあの窪《くぼ》みの影に潜んでいる兎を見つけられるはずなのに。真琴様はいないと言うけど私はあきらめませんよ」

「母上様、また月を眺めていたのですね？　かぐや姫はおりましたか？」

「武丸《たけまる》、あなたはかぐや姫が暮らしていそうな館を見つけなさい。私は兎を見つけます」

「でも、父上様の書物では月で生き物は生きられないと」

「私は絶対いると信じています」

「はぁ……」

武丸が大きくため息を吐《つ》くほど、月がよく見える夜に茶々は月を観測し、兎が見当たらない場所に印を付けるためにクレーターを写生した。

月の地表地図。

この時間線で月の表面を観測した人物として名が残るのは『ガリレオ・ガリレイ』ではなく『黒坂常陸介《くろさかひたちのすけ》茶々』だった。

あとがき

２０２３年あけましておめでとうございます。

そして『本能寺から始める信長《のぶなが》との天下統一９』を手に取っていただいた皆様、ありがとうございます。

この９巻を書いていた頃、ちょうどコミカライズ版３巻（電撃大王連載中・電撃コミックスＮＥＸＴ発行）が発売となりました。

読んでいただけたでしょうか？

昨年は皆様の応援のおかげで、電撃大王の表紙を飾ることにもなりマンガ愛読者として、とても光栄で嬉《うれ》しく思っております。

村橋《むらはし》リョウ先生が描くコミカライズ版ではヒロイン達《たち》がとても可愛《かわい》く、そして生き生きと描かれております。

勿論《もちろん》、様々な個性豊かな武将達も注目です。

人生本当にパルプンテ、なにが起きるかわからない。全然関係のないサラリーマンを20年以上してきたアラフォーの私が、今こうしてライトノベルやマンガに関わっているのが不思議です。

そうそう、本年の大河ドラマで扱うのは『徳川家康《とくがわいえやす》』と言うことで戦国時代が熱い年になるでしょう。

戦国の世界にタイムスリップ！　皆様ならどうします？　そんなｉｆを想像しながら、引き続き『本能寺から始める信長との天下統一』ライトノベル版・コミカライズ版を読んでいただければと思います。

さて、ここからは9巻のネタバレと言いましょうか内容に少々触れさせていただきます。

私が高校生だった頃、マヤのホピ族の預言が注目され流行《はや》っておりました。

２０１２年12月23日にマヤのカレンダーが終わるという都市伝説で注目を浴び古代遺跡関連書籍や、テレビ番組が多かったのを覚えております。

あの『ふしぎ発見！』でも何度となく特集されていました。

結果、ノストラダムスの大予言と同じくなにも起きずに今を迎えているわけですが、中南米の古代遺跡はまだまだ研究途中で多くの謎が秘められていると聞きます。

今現在でも、ナスカの地上絵の新発見があるくらいです。

ナスカの地上絵の事や天空都市マチュピチュなどもいつかこの物語で書きたいと思っております。

物語が世界になり、聞き慣れない地名など多く登場しているかと思います。

私も地図を見ながら必死に想像で書いています。笑って下さい、海外旅行どころか飛行機すら乗ったことありませんから。

しかし、ネット検索すれば上空からだけでなく、様々な道に降り立ち世界の町を人目線で目に出来るのですから凄《すご》いですよね。

本巻で書いた黒坂真琴《くろさかまこと》が活躍した土地は、中南米のエクアドル共和国・ペルー共和国・パナマ共和国です。

是非、地図やネットで調べていただけると物語をより楽しめると思いますので、試してみて下さい。

今後も多くの国に向かう織田《おだ》信長・黒坂真琴達を楽しんでいただければと思います。

そして9巻は珍しく所謂《いわゆる》『鬱展開』があります。

書くのに本当に悩みました。

家臣・仲間の死をいつかは目の当たりにしないと本当の武将に成長出来ないのでは？

多くの敵と戦う主人公にとって絶対起きる話のはずでは？　そんな考えから書きました。

ライトノベル界隈《かいわい》では鬱展開が嫌われているのを目にしており、ここで書いて読者の皆様が離れるのではないか？　正直不安で不安で悩みました。

しかし、この物語は命のやり取りをする戦国時代、そして大航海時代のｉｆ物語、それを読んでくれている皆様ならきっと付いてきてくれるはずと信じています。

仲間の死を乗り越え、自らの理想を作るため戦う黒坂真琴の物語を引き続き読んでいただけるとありがたいです。

また次巻で会えることを願っています。

常陸之介寛浩《ひたちのすけかんこう》

OVERLAP

本能寺から始める信長との天下統一 9

発　　行　2023年2月25日　初版第一刷発行

著　　者　常陸之介寛浩
発 行 者　永田勝治
発 行 所　株式会社オーバーラップ
〒141-0031　東京都品川区西五反田 8-1-5
校正･DTP　株式会社鷗来堂
印刷･製本　大日本印刷株式会社

Printed in Japan　ISBN 978-4-8240-0413-0 C0193